古典文獻研究輯刊

十四編

曾永義 主編

第16冊

王學奇論曲（下）

王學奇 著

國家圖書館出版品預行編目資料

王學奇論曲（下）／王學奇 著 — 初版 — 新北市：花木蘭文
化出版社，2016〔民 105〕
目 4+158 面；19×26 公分
（古典文學研究輯刊 十四編；第 16 冊）
ISBN 978-986-404-816-8（精裝）
1. 王學奇 2. 元曲 3. 曲評
820.8　　　　　　　　　　　　　　　　　105014958

ISBN-978-986-404-816-8

古典文學研究輯刊
十四編　第十六冊　　　　　　ISBN：978-986-404-816-8

王學奇論曲（下）

作　　者　王學奇
主　　編　曾永義
總 編 輯　杜潔祥
副總編輯　楊嘉樂
編　　輯　許郁翎、王筑　美術編輯　陳逸婷
出　　版　花木蘭文化出版社
社　　長　高小娟
聯絡地址　235 新北市中和區中安街七二號十三樓
　　　　　電話：02-2923-1455 ／傳眞：02-2923-1452
網　　址　http://www.huamulan.tw 信箱 hml 810518@gmail.com
印　　刷　普羅文化出版廣告事業
初　　版　2016 年 9 月
全書字數　497869 字
定　　價　十四編 21 冊（精裝）新台幣 36,000 元

王學奇論曲（下）

王學奇　著

目次

中 冊

王學奇年譜

王學奇學士照
國立西北師院國文系畢業
攝於 1946 年 4 月蘭州

在東北工學院任教
1951 年 11 月於長春

在河北天津師院任教
1956 年於天津

在東北師大中文系任教
1952 年 6 月於長春

1977 年 5 月顧天津　北郊區高庄

王學奇　王靜竹夫婦在查閱資料　1996 年 5 月 15 日天津日報

前排：王靜竹、孫女王雪螢、王學奇　後排：長子王洪、次子王欣

王学奇先生《宋金元明清曲辞通释》学术研讨会代表合影 2004.9.27 石家庄

卷頭語

半部年譜雖不長，

一代風雲共存亡；

飽蘸血淚圖眞迹，

於無聲處驚上蒼。

前　言

　　這本自擬的《年譜》，是我的生平簡史，它記錄了近一世紀我在時代的風暴中是怎樣掙扎過來的。人是社會的產物，不能離群索居。家事、國事、天下事，息息與我相關，影響著我的一切。感觸所及，不吐不快。凡眞善美我都讚賞、追求；凡假惡醜我都鞭撻、唾棄。眾所週知，存在決定意識，故我的認識一直追隨著時代變化而變化，並非一成不變的。應該說，這本《年譜》也是我的思想發展史。還有，我雖秉性愚魯，但銳意進取，決心獻身於祖國文化之志，堅不可摧。想不到這也不被理解和同情，總受到來自各方面的歪曲、阻礙和迫害，甚至被巧取豪奪。面對這一切，我沒有畏縮，而是頂逆風、戰惡浪，披荊斬棘，一往無前，故卒有所獲，從這個意義上說，《年譜》也堪稱我的鬥爭史、成功史。今回過頭來，翻檢全書，不難看出，《年譜》的最大特點，就是實事求是，實話實說。突出一個「眞」字；同時不避風險，明明白白交待一切，突出一個「敢」字；敢於揭露、敢於歌頌，敢於鬥爭，敢於勝利，敢於公開化。

年　譜

2013 年 1 月 9 日

於青春南里

一九二〇年

六月三日（農曆四月十五）生於北京密雲縣西田各莊。父親諱致德，字
愼修。博聞強記。《三國》、《紅樓》及《聊齋》等書中精彩段落，都能背誦如
流。母親姓陳，出自名門望族，天生麗質，遠近馳名。對我都非常鍾愛。

七月間，發生直皖戰爭，即直系軍閥曹錕、吳佩孚對皖系軍閥段祺瑞的
戰爭。戰事在河北京漢路高碑店和京津路楊村一帶進行，以皖系失敗而告終。
影響所及，我密雲家鄉據說也不安寧。

一九二一年　一歲

七月一日，中國共產黨在上海成立。

一九二二年　二歲

是年初，發生第一次直奉戰爭，即軍閥曹錕、吳佩孚與張作霖的戰爭。
戰事在京漢路長辛店和京津路馬廠一帶進行，五月奉軍敗北。

一九二三年　三歲

一九二四年　四歲

九月，發生第二次直奉戰爭。戰事在榆關（山海關）一帶進行。十月，

直系將領馮玉祥回京舉行政變，曹、吳、敗走，馮與奉聯手推段祺瑞爲臨時政府執政。由於連年軍閥混戰，民不聊生，怨聲載道。

一九二五年　五歲

年初入私塾，從張任之老先生讀私塾。老先生給我起個名字叫做王學純，我父親不滿意這個名字，根據兩句古詩「養成大拙方爲巧，學到如愚始見奇」改做王學奇，號曰「碩愚」。名字終生用之，「號」不通行。

一九二六年　六歲

不堪私塾拘禁之苦，常逃學到街頭嬉戲：或壘土爲牆，過家家玩；或排兵布陣、模仿打仗。自朝至夕，樂此不疲。

四月二十一日(農曆三月八日)妻王靜竹生於吉林省洮南府（今改稱洮南鎮）。

一九二七年　七歲

在私塾念、背、打教育下，讀完《百家姓》、《三字經》、《大學》、《中庸》、《論語》、《孟子》。

八月一日，周恩來、朱德、賀龍等領導在中國共產黨影響下的北伐軍三萬餘人在南昌舉行起義，以回應蔣介石的「四一二」清洗和屠殺。

一九二八年　八歲

在私塾念完「四書」後，我欲讀木刻大字本的《書經》，父卻令我讀歷史書，歷史書字小，不感興趣，乃消極對抗，每日進度甚慢。張任之老先生詩云：

> 一部歷史眞難讀，號了三行就要哭。
>
> 半天只念一行半，一天三行背不熟。

因之父怒我不成材，懲罰我到野外去放豬，殊不知正中下懷。從此，自放於田頭地壟之間，終日與豬豚爲伍，自居老大，一切由我說了算。對此生活，初還自覺瀟灑，無拘無束，深感自得其所。

是年六月四日，張作霖作戰不敵蔣介石北伐軍，撤回東北時，在皇姑屯被日軍預埋的炸彈炸死。東北敗殘軍，一路搶掠，無所不爲。怨聲載道。

一九二九年　九歲

繼續在野外過放豬生活，早出晚歸，漸覺單調乏味。有時一眼看不到，豬吃人家莊稼，還要向人低頭服軟賠不是，開始苦之。

一九三○年　十歲

鄉村開設初級小學，結束放豬生活，轉入學校，從三年級讀起，這才感到還是讀書好。

不幸的是，在農曆三月間，母親患水臌症逝世，享年三十六周歲，留下兩個姐姐、一個妹妹和我。農曆七月，父親取繼母賈氏，年二十二，不知照顧我們，入冬沒棉鞋穿，腳凍成瘡，舉步維艱。

一九三一年　十一歲

小妹因病夭折，年僅六歲。

暑假後，由本村小學轉入密雲縣立小學四年級肄業，喜作新不新、舊不舊的打油詩，得級任崔老師的賞識，拿到密雲小報上發表，又曾在作文本上批示，許以未來的小文豪，給我鼓勵很大。

九月十八日，日寇炮轟瀋陽北大營，大舉侵佔我東北，消息傳來，震動朝野。於是由老師組織同學下鄉，風塵僕僕，巡迴演講，聲嘶力竭，宣傳抗日。

一九三二年　十二歲

日寇步步進逼，國軍抵抗不力，長城各口相繼淪陷，日寇長驅直進。學校放假，我隨家人逃難於我村西北的高山深谷中。長城蜿蜒其上，時高時低，或斷或續，如臥龍然，此地老百姓通呼之為「邊牆溝」。邊牆者，長城之俗名也。古代用以防禦北方少數民族入侵，今各民族已融合為一，失其作用矣。

一九三三年　十三歲

暑假後，學校開學復課，升入五年級。級任老師為張鳳侶，頗蒙其器重。在同學中，當時要好的同學有學士祿、鄭雲墀、張蘊芳、沈培祖、蘇立功、馬懷玉、李宗芳等；學、鄭、張、沈四人在學業上都可以和我抗衡。餘則不及也。

一九三四年　十四歲

　　繼續在密雲小學讀書，由五年級升入六年級。我當時以寫日記名全校，在學校每周的周會上曾屢受表揚。其實，我現在回想，盛名之下，也不過是尋章摘句，模擬名作而已。

一九三五年　十五歲

　　暑假小學畢業。因天災匪禍，田產歉收，家裏沒錢供我上學，找工廠打工，亦無著落，乃回家從伯父讀《古文觀止》。

　　七月，日本侵略者進一步控制我華北，通過《何梅協定》，竊取了華北大部分主權。

　　十一月，漢奸殷汝耕在日寇唆使下，製造冀東政變，成立僞冀東防共自治政府，轄區共有二十二縣。我的故鄉密雲縣，即在其統治區內。從此在日寇的鐵蹄下，開始過喪權辱國的生活。

　　就在這一年，在父母之命，媒妁之言的封建包辦下完婚，當時曾極力反對，但胳膊扭不過大腿，只好借鑒當年印度甘地對英殖民主義者不合作的策略與之對抗。但這椿封建婚姻，拖延很久，一直到一九四九年新中國成立後才通過法院解除有名無實的婚姻關係。

一九三六年　十六歲

　　三月，僞冀東通縣師範初中部公費招生，爲進修乃結伴與同村馬懷玉、李宗芳備川資，風雪赴通縣。榜發中第，始得繼續上學。通縣師範校址位於通縣西門內，距鼓樓、萬壽宮繁華鬧市較遠，環境清幽，實爲讀書之佳境。同學中與老友沈培祖最善，當他患病住隔離室時，扶持飲食，未嘗廢離，然議時政，意見不合時，則爭得面紅耳赤，互不相讓。新交王學林，性灑脫，善談吐，與我亦極相投合。潞河中學張蘊芳、簡師馬懷玉皆係小學故舊，暇時常相過從，肺腑相示，頗不寂寞。

　　將放暑假時，忽傳暑假後停止公費待遇，不能繼續在此學習，乃同馬懷玉赴平，欲另考中學。在平淹留旬日，盤纏將盡，考期仍遙。乃轉赴保定，報考保定二師，又告失敗。躑躅街頭，相顧無策。忽見街頭牆上廣告：陝西華陰縣張學良部下一〇八師招考幹部教導隊。報名一試，遂被錄取，未及回家，即登車西上。應著車聲轆轆，腦子大發奇想：投筆從戎，如一帆風順，升到

高位，就可以奪取國家政權，一洗國恥大辱，收復東北失地，這要比讀書救國快捷多了。及到訓練營地之後，逐漸瞭解內情，遂又推翻了我的幻想，決意離開。但軍營重地，既入難出。如何逃離，頗費躊躇，先是想採取合法手段，偽造家書，藉口母親病重，告假回家。不料此計失敗，乃決定「聲東擊西」開小差策略，離營之日，我們沒有東入潼關，而是西上西安了，因而得安然脫險。此時已入九月，距西安雙十二事變（張、楊兵諫蔣介石）不過一個月左右的光景。回到家繼續從伯父讀私塾。其間把《古文觀止》中 222 篇文章，背得滾瓜爛熟，終生用之不盡。

一九三七年　十七歲

春，考入順義縣牛欄山中學初二插班生。因我初中只在通師讀過半年，凡英語、數學、化學諸課均落人後，遂為人所輕視。國文老師上課時公然蔑視我說：「本校門好進，進來不易混。」我心裏話：「燕雀安知鴻鵠之志哉！」遂發奮自雄，窮追苦趕。經過我的努力，成績仍居全班第一。

七月七日，日軍藉口一個士兵失蹤，發動了盧溝橋事變，炮轟宛平縣和盧溝橋。繼之「八一三」日寇又在上海挑釁，於是全面抗日戰爭從此開始。

暑假後，在國家危難時刻，從初二升至初三，想不到在該校遇到了校風不正的挑戰。蓋牛欄山中學，素有「河北大旅店」之稱，校風極壞，如上班壓下班，每逢改善伙食，高班生在開飯前群趨廚房，先大嚼一頓。廚工及低班生皆側目以視不敢問。及至我身居全校最高班並負責炊務時，如何面對這種現實呢？我沒有屈從高班生的壓力，乃和下班友好同學王守功等聯手力矯其弊，終於遏制了這股歪風。同班生恨得我咬牙切齒。聲言要在放假回家時，於狹路相逢處給我點皮肉之苦，但我防範週嚴，皆幸免於難。

一九三八年　十八歲

暑假從牛欄山中學畢業，考入北京市立師範學校（簡稱北師）。這時北京已經被日寇所侵佔，學校安插有日本教師，加強日語課，氣氛與前迥然不同。加以入學之初，腿部膝蓋骨下突生惡瘡。人說這是「人面瘡」。常言「病怕沒名，瘡怕有名」。心情甚是不佳。

一九三九年　十九歲

　　春，與同班同學王學林、方漢、吳克勤情投意同，遂訂金蘭，從此互有照顧。

一九四〇年　二十歲

　　五月，同班同學劉增純被訓育主任王梓固無理毒打，傷及兩肋，引起公憤，遂參加同班同學控告訓育主任的活動，並撰文載各報，揚其罪。不料被叛徒告密，事泄未果。暑假後被學校當局開除、警告各數人，我受了警告處分。但因此，主持正義的同學團結得更緊，便和劉增純、劉豐、趙守康、劉仲明、王秉權、李裕和、朱兆才等訂交，勢力日張，計全班二十七人，鼎足三分，一派中立，一派與我等為死對頭。最使我看不起的是那些張口閉口說日語的親日同學。

一九四一年　二十一歲

　　北師三載，先是生瘡，後患腸炎，每次大便，連膿帶血，吃藥無效，故學習未能大幹，考試成績僅三獲冠軍，內心深處，歉然者久之。

　　暑假畢業，面對升學。國文老師鼓勵我學文，物理老師鼓勵我學理，美術老師鼓勵我學畫。於是當文學家，或是當科學或藝術家，便在腦中盤算不止。限於經濟窘迫，最終我還是考入了不花錢的偽建設總署土木工程專科學校。然學工程，終非余之志也。

　　十二月八日，日寇發動了太平洋戰爭，形勢危急，毅然逃離了土木工程專科學校，到北京永定門外石榴莊小學任科任教員，教學音樂、唱歌、美術、體育等課。於是時萌發南下之志，暫借小學棲身，以待時機焉。

一九四二年　二十二歲

　　通過馬懷玉聯繫，於三月二十一日午後一時，與劉增純、王守功四人輕裝乘車南下。下午五點抵保定。二十二日夜兩點抵彰德，中途因故停車，約五點車始發，到新鄉北，值橋毀，又停車二時許。換車到小冀站時，已午後四點矣。回憶一路，心惴惴焉，車外風光，弗及顧也。從小冀站下車到七里營小學住了一夜。二十三日晨，由人帶路，乘馬車至南新莊。當時擬投老莊，

夜晚渡黃河，乃赴慈姑堤見郝天渠，他說日寇阻路，轉道困難，因又折返南新莊，時約午後三、四點鐘。二十四日晨至大張莊，拜晤劉君於醫院。到午後六時許，又雇二車奔向王圍。輾轉潛行，備嘗艱苦，到二十五日淩晨四時，才找到王圍，止於胡宅，此時我疲憊已極，頹然入睡；是日晚，夕陽西下，又雇三人擔行李，趨黃河渡口。至彼，約七點，夜色模糊，四無人迹，就黃河陂略事休息。約九點船至，告係淪陷區南來學生，乃登船。經約半小時始抵南岸。這才算一塊石頭落了地，脫離了淪陷區。二十六日西上，抵汜水。二十七日抵洛陽。二十八日繼續西上，經靈寶、常家灣、潼關、華陰等地，三十日抵西安，到戰幹團報到。

進入戰幹團（「戰時幹部工作訓練團」的簡稱），先是十人合住一屋。五月底正式編隊，我和劉增純、王守功被編入第七期學員隊。歷月餘，逐漸瞭解團內外一切情況，均感到此地不宜久留，相議「走為上策」。王守功與張、楊二君在編隊後很快逃往洛陽。我與劉增純賣了禮帽作路費，於六月十五日下午也逃出了戰幹團。怕人來追，匿於站旁小店，翌晨東下。過潼關時，日寇從風陵渡向列車發七炮，雖幸未中，然亦驚魂落魄矣。

六月十八日抵洛陽，轉東郊扁擔趙村，進入河北知識青年招待所等候考學。住招待所期間，招待所主任貪污糧款，經常吃不飽飯，不堪饑腸轆轆作響，每當開飯時皆持巨盆大碗，爭先恐後，如餓犬搶食一般，各不相讓。食不果腹，無計所奈，只有仰天長臥於樹蔭下，苦熬永晝。時值酷暑，白天挨饑忍餓，夜晚就寢時，屋裏蚊、蠅、蝨子、跳蚤、臭蟲、蚰蜒、蜈蚣又輪番偷襲，攪得我不能安靜入睡，只得搬到屋外空場，露天就宿。露天地面被烈日暴曬一天，特別發燙，勝過熱炕頭。後半夜被子又被露水打濕，就這樣睡了兩個多月，雖飽受熬煎，我久治不愈的腸炎，卻被地熱治好了。這是意想不到的奇迹。

當時，一邊備考，一邊抽空遊覽了洛陽城東白馬寺，一睹藏經閣的尊容。據說東漢明帝時高僧攝摩騰、竺法蘭自西域以白馬駄經而來，就把經書收藏在此，因以名之。此寺背負邙山，南臨洛河，古刹高塔，別具風光。史載它始建於漢明帝永平十一年，為佛教傳入中國最早的寺院。以後唐、宋、元、明續有修繕。

七、八月間，為給淪陷區來的其他知識青年省個名額，我用僞土木工程專科學校的學生證上報了教育部，結果被分配到西北工學院（西北聯大的後身）。

九月十三日赴陝南城固就學。一路高山大川，景觀壯麗，美不勝收。至寶雞轉乘汽車，橫跨秦嶺，峰高路陡，輾轉攀登。車行雲上，俯視雲下，雲海茫茫，不見谷底。如此歷經旬日，至九月二十三日始至城固。到工學院本部古路壩報到，經過教務長潘承孝甄別考試，被安排到土木工程系，從一年級讀起。

十月一日又到七星寺西北工學院分院報到，雖享受貸金待遇，解決了吃飯問題，但計算尺、畫圖紙等仍需須自備，無法解決，乃於當月十五日毅然退學，取回證件，於當地重新報考西北師院（北師大後身）國文系。此舉頗為一般考生所非議。蓋舊時早有「學好數理化，到哪都不怕」的說法。故為將來出路計，多爭考理工科，不考文科。我既入了工學院，別人求之不得，而我竟輕易放棄，多大惑不解，嘲笑我為瘋子。但我不這樣想，也不認為我是冒險，我是有信心考取的。果不出所料，榜上有名。於是從師院領了赴蘭州的全程路費，又從河北同鄉會申請了一部分，便從十一月一日與新同學楊慎儀、史振華等七人北上，循原路入秦嶺，風景如故，略嫌蒼老。至雙石鋪轉向西北行駛。過徽縣，進隴東。隴東崇山峻嶺，連綿不斷，舉目望去，黃沙一片，好不荒涼！因即興詠詞一首，題為《如夢令·蘭州路上》：

> 峰回路轉車顛，好不心驚膽戰！俯視眾山谷，尺木寸草不見。
>
> 不見，不見，唯見黃沙一片。

過天水，見街道整齊，車水馬龍，人流熙攘，商業發達，粗具現代化規模，精神復大振。又西行經華家嶺、通渭等地，九日抵蘭，十日蒞校。

學校校址，位於蘭州郊外，黃河之濱，叢山腳下。抗戰期間，校舍簡陋，然精神氣派，畢竟與中學不同。從入學第一天起，便萌誓作一名文學家。早起晚睡，探索古詩源流；飯前飯後，構思新詩佳句。並草就《賈島詩慣用字之研究》、《宋詩派別之分析與商榷》，獲得任課老師的賞識。

一九四三年　二十三歲

初，寒假剛放，家住後方的同學，或回家過年，或借機旅遊，或留校談戀愛，獨我與同班同學史振華則藏身教室，合注《唐詩三百首》，天大寒，硯冰堅，凍指裂膚，弗之怠。

寒假後開學，我以考試成績在全年級三百餘名同學中奪魁，獲得林主席獎學金。公佈後，受到全校同學矚目。從此每一學期都可以領到一筆獎學金，於生活零用不無小補。

　　春三、四月間，應上班同學劉維崇約稿，作《西師賦》，從學生角度描繪西師校園及學生生活，張於壁報。賦曰：

　　　　蘭垣郊外，十里店中，荒原一片，窮崩崖裂石之縈回；平房數起，列鱗次櫛比之體勢。山環如障，水繞若牆。暮覽西山之夕照，落霞片片；夜窺東崗之新月，明星點點。教室建於東，而東接操場；宿舍築於西，而西連食堂。他如圖書館、辦公廳、大禮堂，雖未盡美盡善，然已粗具規模，應有盡有矣。

　　　　莘莘學子，咸負笈以來遊；芸芸女士，亦聯翩而蒞止。出入道路，蹀躞課堂，如蜂碌碌，如蟻遑遑。籟籟如雨灑枯枝者，寫筆記也；颯颯如風卷殘葉者，翻書頁也。或俯首支頤，傾聽而心不在焉；或瞪目呆口，凝視而意不屬焉。偶乘笑以舒腰，時橫目以流盼，意日懨懨，蓋已有死氣沉沉之概矣！

　　　　及夫課罷，則又生趣盎然。月已上兮柳梢頭，人未來兮黃昏後。於是革履囊囊，徘徊於女生門前；迷斯某某，呼喚於寢室窗處。攜愛侶兮閒行，笑語輕輕；邀良朋兮共酌，謔浪聲聲。此蓋風流才子，婉美佳人之最開心事也。

　　　　至若仲春令月，麗日晴天，選勝探奇，各從所願。或橫渡黃河，南遊西湖；或乘筏而下，東訪雁灘。或聽流音於五泉山，或賞桃花於廿里鋪。成群打夥、絡繹不絕。浪滾滾以濺衣兮，衣香馥馥；風飄飄以奪帽兮，帽影亭亭。激辯才罷，又訴閒情。神遊功課之外，魂銷靜美之中，浪漫逍遙。從未感流光之易逝也。然亦有奮勉書生，勤學志士，藏身圖書館內，埋頭故紙堆中。瞻文壇之巍峨偉岸，心焉嚮往；睹學術之淵深浩瀚，意氣飛揚；一若不能雄跨兩岸，則自甘其溺以窮其源也者。或搜索枯腸，嘔心血以成文；或捕捉靈感，筆一揮而詩就。詠落月傷感之詞者，舊文學之餘孽也；書朝陽煥發之句者，新文學之勃興也。或擺弄儀器，實驗物理化學；或按圖索驥，考覽歷史地理。或鑽研達爾文。或探索桑代克。或背誦ABC，或演算X+Y。門分類別，各有所專，登峰造極，心同此願。書呆子之頭銜，固所願也；老學究之稱呼，何足道哉？

　　　　一若夫夕陽影裏，雖狂風刺骨，仍奔馳於球場，而汗喘如牛者，體育健將也。臨水調弦，歌喉遽發，一唱三歎者，音樂大家也。足

將進而趑趄，筆欲舉而凝睇者，畫家之選鏡頭也。他如深思不足，狂噪有餘，載嬉載笑，亦步亦趨，模棱兩可者，閒散糊塗之流也。

教授請假兮，則歡聲雷動；考試通知兮，則苦臉雲遮：殆亦學子之常情也乎？長夏既盡，霜風日緊，落葉蕭瑟兮，胸懷怏怏；秋雨淋漓兮，心意沉沉：其悵惘之情，有非筆所能喻者也。及至黃河之水，凍結成冰，則西師之名士美人，又莫不奮而起之，爭迴旋於水晶場中。步步趨兮，如猛犬之逐獵；團團轉兮，若遊龍之戲鳳。歌聲婉轉兮，如新鶯出谷；體態輕盈兮，若乳燕迎風。穿梭未已，詼諧又作。既睹玲瓏之影，復聞裂帛之聲。此隴上之樂園，悠哉！遊哉！斯足以卒歲矣乎！

該文發表之後，曾廣為讀者傳誦。不意「汗喘如牛，體育健將」之句，觸怒體育系哥兒們如費哲人，余策辛等彪形大漢。他們以為我侮辱了他們，而不知這是習用已久的讚頌體育健將的成語，遂暴跳如雷，揪我至壁報前撕毀，真是少見多怪，淺薄之至矣！通過這次風波，文名愈噪，連教授都普遍知道了。

是年春夏之交，因久慕同班同學韓芙的聰明美麗，乃以情書形式表示追求，信中備述仰慕之情，凡是頌揚、讚美的字眼幾乎都用遍了。信中還附有一首小詩，題為《桃花女贊》，茲節錄如下：

韓芙的美名不枉人誇，「桃花人面」就是她。

雪亮的眼睛賽明星，光芒四射亮晶晶。

漆黑的頭髮賽烏雲，籠罩四野黑沉沉。

多情的眉毛比彎月，誰像誰來難破解。

動人的小嘴比櫻桃，誰勝誰來天知道。

天生麗質真希罕，聰明才智更少見。

字寫斜風兼細雨，文成神驚又鬼泣。

京劇話劇她都會，功課樣樣出頭地。

如此美麗又聰明，叫我如何不鍾情。

為保密計，信由我本人親手呈遞，本以為一箭上垛，得遂夙願，那料好事多磨，竟遭婉言謝絕，她說已有朋友，只答應我做個普通朋友。這「普通」二

字一出口，真如冷水澆頭，令我悵然久之。大學四年，癡情難斷，念念不忘，但無勇氣再敢去碰，只暗中爲她又寫了幾首情詩，供自己玩味、吟詠，至今仍密藏在箱底。

暑假，教部來令，說我報考大學的證件是假的，迫令退學，連本校教務長胡國鈺教授也這樣主張，我不由火冒三丈，乃揚言要去當土匪，火燒十里店，並揮筆寫反詩兩首，題爲《悲憤》。

其一云：

不堪奴化守故鄉，九死一生逃後方；
如今反成喪家犬，當心狗急也跳牆。

其二云：

志欲成名四海揚，發憤讀書寫文章；
學籍不保將奈何？甘草店上走一趟。

甘草店，在蘭州市東約二百華里，是土匪出沒的巢穴。我當時這樣表示，不過是想嚇唬、嚇唬他們，豈是真想落草爲寇，實際仍是在積極另尋正當出路，最後在蘭州考區報考了中政校。當時西師同學報考該校者多達三十餘名，結果只錄取了我，羨慕者頗眾。開學在即，正準備重慶之行，爲我覓黃魚車者有之，爲我少助路費者有之。適值此時院長李蒸爲我想辦法，又保住了學籍。經權衡利害，仍留西師。

暑假後，課餘專攻王安石詩歌的研究，結合詩話，研讀詩句，深入揣摩，興趣盎然，每有所獲輒筆錄之，積少成多，以備後用，數年如一日。

一九四四年　二十四歲

一月十九日（剛放寒假）啓程，與好友劉德生結伴回淪陷區省親，自蘭州搭白魚車抵西安，又乘火車到洛陽，不日至渡口。但一時不得北渡。在黃河岸邊逗留多日，翹首故鄉，心急如焚。

二月二十八日，始得機會，渡河北上，由交通員引路，躡足潛蹤，晝伏夜行。這次渡河，恰值月色朦朧，但仍能依稀看到黃河岸邊「白骨蔽平原，血衣掛樹枝」的慘狀，令人不寒而慄。後又歷經艱險，才把我們送到河南省待王鎮。再從待王鎮登車赴平。我一路上偷眼車窗外面，時見路旁深溝長堆，炮樓林立，但不敢吱聲，只是裝盲作啞，故作鎮靜，始逃過車警，憲兵的眼

晴，平安抵平。在平前後滯留兩周，回家省親一周，匆匆又和德生原路南返。三月二十四日渡河，途經西安，又趁便臨潼一遊，參觀了蔣介石在「西安事變」中逃避的窟穴、楊貴妃沐浴過的華清池、古漢槐以及秦始皇疑冢。月底抵蘭州。這次往返七十天，行程近萬里，帶去的藏紅花沒有賣了，帶回的消炎藥、鋼筆尖等，變賣了九千元，準備做零花用，通過史振華，借給他經商的小同鄉，結果放了禿老婆鷹，白白冒險回家一次。唯一的收穫，使我看到日寇的侵華夢已瀕臨絕境。

五月，聽老師講新文學史課，受到新文學史中「文學研究會」、「創造社」的啓發，遂與史振華共同倡議組建文學團體，以砥礪研究。又經諸同學響應，於是我班史振華、王學奇、李英基、吳春澤與下班史國顯、劉據堯、何思清、左英等八人組成「青年文學社」，舉李英基爲社長。當時我撰有《示志》一詩，略表我的抱負：

> 以文會友組社團，大做文章搞科研。
>
> 青霄有路終須到，功名不遂死不甘。

十月，用「巴垠」筆名，於《民國日報》發表日文譯作散文抒情詩《灰色的牆》。

十二月七日，復用「巴垠」筆名，把新詩集《拓荒》送甘肅省圖書雜誌審查處審查，同月九日審訖發還。該集包括《血的痕迹》、《清鄉》、《赴敵》、《足迹》、《哀曲》、《夜雨吟》等二十篇，內容主要是揭露日寇侵華的暴行，兼收一部分青年苦悶之作。封面爲好友蕭劍秋所設計。後以「巴垠」筆名由中國書店出版。

十二月二十四日，因日寇侵陷獨山，重慶危急，國難當頭，震動朝野，我本著「國家興亡，匹夫有責」的愛國精神，隨好友劉德生、孫偉民之後，報名參軍。並賦詞一首，題爲《訴衷情參軍》：

> 負笈萬里讀高校，志在大文豪。突聞獨山吃緊，擱筆心如焚。
>
> 寇瘋狂，國土喪，絞肝腸。國家興亡，匹夫有責，豈容彷徨！

一九四五年　二十五歲

元旦，凡集結在蘭州的甘肅省報名參軍的知識青年，分乘三十六部大卡車，浩浩蕩蕩，從蘭州前赴漢中。當車隊從市區通過時，我挺立車上，昂首攘臂，大有「風蕭蕭兮易水寒，壯士一去兮不復還」之慨。俯視六街三市，

人山人海，萬頭簣動，熱淚洗面，瘖不成聲，與震耳欲聾的鞭炮聲，適成鮮明的對照。是夕抵定西，以次經通渭、天水、徽縣、廟臺子，六日抵漢中。在漢中城內，住在東關東塔鎮小學，因傳聞受訓地點有所變動，意見紛起，相持數日，按兵未動。後來終於被當局說服，於十一日開進漢中營，編入二〇六師六一六團，團長爲少將趙雲飛。

入營之初，尚屬散兵遊勇狀態，悠閒自在，無所事事，或去西北醫學院找老友聊天，或到漢水之濱散步，或進茶館磕大花生，浪蕩逍遙，不知時光過得飛快。

二月十九日，分科編隊，我報文藝兵，欲效雷馬克，能寫出像《西線無戰事》那樣的佳作。因軍中無此兵種，只限步、騎、炮、工、輜、通信各類。未如夙願，反傳爲笑柄。後來被編入通信排，頗感失望。不過我仍然擠出時間撰寫了第一封《軍中通信》。

三月中旬，姚排長令李玲善、馬維驤、穆燮堂和我暫代各班班長，番號仍是二等列兵。

三月二十四日，病倒臥床，後逐漸沉重，終於在五月十日，被批准退伍，返蘭復學。同時退伍的，還有王錚、張潔忱、朱同光三人。

北返途中，曾轉沔縣告知編入炮兵營的諸同學，並借機遊覽了馬超墓和諸葛武侯墓。回到「西師」後，才知道我們組建的「青年文學社」已易名爲「文譚會」，改選史振華爲會長，並聘有王汝弼、程金造爲導師。以後便常到王汝弼老師宿舍，請教治學問題，頗得其啓迪。

暑假，河北同鄉會，爲歡送本省畢業同學，舉行歡送會。排演話劇《黎明》，導演張潔忱找我飾演一從前線回到後方的傷兵。在舞臺上和飾演資產階級小姐的韓芙，舌劍唇槍，著實把她痛罵了一頓，只因把臺詞忘了一段，罵得還未達到劇中人物的要求，事後遭到導演批評。

八月十五日晚飯後，忽聽廣播：「日本無條件投降了！」於是西師院中，十里店上，頓時沸騰了起來，人都跑到大街上，到處人山人海，載歌載舞，與此起彼伏的鞭炮聲彙成一片，雀躍之餘，乃援筆立賦七律一首，題爲《詠勝利》：

> 抗戰八年歲月長，忽聞勝利淚沾裳；
>
> 愁眉苦臉今何在？奔走相告喜欲狂；

失地收復歸一統，破鏡重圓萬戶光；

屈指交通恢復日，直趨故都返漁陽。

旋又成詞一首，題爲《展望》，再表喜慶和我對祖國前途的展望，調寄《清平樂》：

煙消雲散，今日見青天。人人跑向街頭看，國旗掛滿簷前。

暢談日寇投降，歡笑彙成海洋。更喜祖國前途，和平建設有望。

九月，抗戰勝利的喜悅，興致未盡，在文譚會壁報上又發表了《勝利賦》。賦曰：

半壁河山，東接滄溟，沃野萬里，澤雨薰風。樹桑麻兮片片，育花果兮叢叢。高梁紅兮大豆黃，稻浪黃兮麥浪青。市廛櫛比，人物填盈，煙囱林立，機器轟鳴，聲歌動地兮，華燈遮月；愛侶同眠兮，好夢溫馨。固中華之樂土，豈容異邦吞併！

一自瀋陽變起，東北易色；盧溝炮響，華北葬送。虜騎猖獗，步步緊攻。重炮逞威，鐵鳥旋風。顛沛流離，尋愛子而不見；死亡在即，奉嚴親以何從？棟折椽崩，玉碎金融。睹荒涼之廢墟兮，春草黯然；照淒清之殘闕兮，秋月朦朧。國破家亡，游子心斷；萬里關山，徒切葵傾。故雖負笈於隴上，仍情繫於燕京。

長期奮戰，英勇犧牲。深入敵後，轉入反攻。加以希魔既已完蛋，東條曷能幸存狗命？美投原子彈兮，驚倭寇之沈夢；蘇驅坦克車兮，滅虜騎之威風。內外配合，陷陣衝鋒，摧枯拉朽，膽戰心驚。受投降之公告兮，東京慘叫；聆勝利之廣播兮，舉世歡騰。

於是十里店上，西師院中，街充巷塞，路遮途窮。敲鑼打鼓兮，此伏彼起；載歌載舞兮，樂以忘形。或懷爆炸之心，攘臂狂呼；或抱飛越之情，鼓盆縱興。或鳴鞭於簷下，或放炮於高空。眼花繚亂，震耳欲聾。燈前把老婦以豪飲兮：「往事不堪想！」月下吻少女以求婚兮：「此時還不成？」漫漫長夜，忽爲襲明，促膝對話，竟不覺涕隕而淚零！

入冬，在《陣中日報》「文譚會」所辟之副刊「質文」上，發表論文《論王荊公詩之宗主》。這是我研究王安石詩歌的第一篇成果。

抗戰既已勝利，許多原來因戰爭而搬遷到大後方的學校，均有復員問題，北師大不例外。但教育部長朱家驊，竟多方留難不准予恢復。我校乃有復校運動之舉，但「復委會」諸同學力量微薄，迄無功效。於時我義憤填膺，又有同學支持，遂寫成《爲復校事告全院同學書》及長詩《復校七十六行》，於十二月二十五日深夜，由同學替我張出。《告全院同學書》全文如下：

全體同學公鑒：

迴溯勝利伊始，復校情緒，激昂萬狀，故攘臂狂呼之餘，有復校委員會之成立。復委會諸公感於責任重大，曾不吝惜課業，擬電稿，發宣言，竟日奔波，其豐功偉績，不勝言宣！無如朱部長成見已深，蠻橫無理。雖李、易二代表赴渝斡旋月餘，猶不得其要領，況同學微薄之力量乎？因之，復課已還，復校意識，日漸消沉，大有任其自然不復過問之勢，僕等實私心痛之。然以時機未至，終不敢妄爲辭說。今馬大使來華，中共代表飛渝，國內團結有望，復校運動，此其時也！故願爲全體同學略陳固陋，幸垂察之：

僕等深以爲敵人不足畏，勢孤不足憂，獨舉目吾校員生爲復校之團結與決心之精神蓋鮮，此其良可浩歎者也！夫中國社會，法紀擾攘，公理埋沒，威權滋張。處此種情況下，欲復校運動之獲有成果，不舉刀劍，而徒大聲疾呼，曰「歷史悠久！」，曰「成績卓著！」，曰「師大後身！」其代價除唇敝舌焦外，又有幾何？曾不聞全國教育會議之事乎？當時報章紛載僞校生甄試辦法，而朱氏赴平一行，不堪學生反擊，盡翻前案。又不聞西醫院復校之事乎？按朱氏陰謀，平大亦未列入復員計劃，而經學生堅決欲赴渝請願，結果亦准復員。二校何等條件？一經爭取，尚有收穫，而我反甘落人後，有是理乎？此所以欲告同學者一也。

此次馬歇爾來華，根據報章披露來意，與各方面之推測，顯係有決心欲幫助中國政權統一，如一旦協商成功，則收復工作必急轉直下，教育方面，自不能例外。況僞師大現正繼續上課乎？因之，教育當局很可能對北師大人事之安排與西師院之去留問題於最近有所處理，假使其處理不足使人滿意時，而又造成既成事實，是員生回平問題，益增困難矣！故當此千鈞一髮之際，吾人當搶先一步，及時爭取，萬勿錯過機會。此所以欲告同學者二也。

　　使回平無望，傳聞西師將併入蘭州大學。果若如此，是凡西師院階段畢業之同學，皆無母校矣！無母校之人，游離於社會，猶如猶太人之散處於世界者然，能不受排擠，而燕居終日乎？即非如此，而寄身籬下，俯仰由人，師大傳統，從此斷送，不亦大可哀乎？此所以欲告同學者三也。

　　況本院多爲淪陷區同學，當其潛逃後方之際，敵僞路上，艱險萬狀，隴上寄讀，備嘗辛苦，今貔貅百萬，席地東卷，多少離散，俱慶團圓，而獨獨我校游子，仍留異鄉，將人比己，能不悲乎？即非淪陷區同學，因多年西北閉塞生活，亦切望到通都大邑，開拓眼界。人同此心，心同此理，此所以欲告同學者四也。

　　上舉數端，係犖犖大者，微情細故，不勝盡舉！惟望全體同學不河漢斯言，於精誠團結之原則下，雖千萬人一心一德，寧爲玉碎，勿爲瓦全，以決心貫徹回平上課之目的，實全體同學之幸，亦不周費我復校之全功也。餘不贅言，僕等再拜稽首。

《復校七十六行》已不暇條分縷析，而是大聲疾呼，鼓動同學，抱定必勝的決心，挺起腰板，與教育界的魔王進行鬥爭。詩的最後三節，這樣招喚著同學：

> 同學們，幹吧！
> 朱家驊沒有什麼了不起！
> 他那一腦子封建法西斯思想，
> 不久必被民主的潮流湮沒。
>
> 幹吧！大刀闊斧地幹吧！
> 即使豺狼伸出利爪向我們猛撲過來，
> 使我們受到意外的傷害
> 也不要退縮，挺直腰板幹吧！
>
> 幹吧！用輿論的槍彈狠狠射擊獨裁者！
> 有真理作我們堅強的後盾，
> 有廣泛的正義人士的同情和支持，
> 邪惡必敗，我們必勝，趕快行動起來吧！

在我發難之後，史國顯又率領部分文譚會友於通衢要道張貼大字標語，隨後又有一批批響應者接踵而起。形勢如狂濤巨浪，奔騰澎湃，怒不可遏。

十二月二十七日，師大校友總會、學生班代表會及原復校委員會聯合召開全體師生員工大會。會上一致通過：立即罷課，通電全國，赴渝請願；並選出新的復校委員會委員；教授代表有李建勳、易玠、郭俊卿、張德馨，郭毓彬、康紹言、胡國鈺七人，學生代表有王學奇、王益民、于用波、梁靖堂、于衡退、時廣海、齊毅民、柴如璧八人，從此把復校運動推向高潮。在委員中，我又被推爲宣傳股副股長，所有宣傳文字，如《復校宣言》及《告全國師大校友書》等，皆出我之手。復校宣言，有理有據，言辭激切，甚爲各大學學生所稱賞。文曰：

全國各界人士公鑒：

憶盧溝變起，虜騎猖獗，皇皇燕京，夷爲鬼域。是年我師大奉命西遷，身無儲糈，走旅途兮三千；路有豺狼，叩秦關兮百二。爰達西京，與平大、北洋合組臨時大學，席不暇暖，二十七年，復遷城固，易名西北聯大。二十八年，西北聯大奉令改組，吾校獨立設置，又改稱國立西北師範學院。二十九年起又奉令逐年移設蘭州。八年流浪，雖校名校址幾經更易，而內容與精神始終一脈相承。故今之國立西北師範學院，實爲國立北平師範大學之後身，猶如西南聯大爲清華、北大、南開等校之後身然者。此乃鐵的事實，不容否認。況民國二十八年以來，師大校友總會及師院教授會曾屢次呈請將國立西北師範學院正名爲國立北平師範大學。教部曾確切表示：「今之西北師範學院，即北平師範大學之後身，希善爲維護。」而陳前部長亦曾著重聲明：「原有平津各院校，俟平津收復後，仍當恢復，使諸君多年努力之歷史，得以繼續發揚光大。」民國三十三年冬國民參政會更通過「請教育部恢復國立北平師範大學案」。諸如此等案據，昭昭佈在政府方案，孰料勝利以後，其他流亡各校紛紛復員，而朱部長獨對我成績卓著、歷史悠久之北平師範大學，竟多方留難，不准恢復，此何理哉？凡我師大校友及在校師生，聞之莫不愕然而憤。故爲愛護吾等之母校計，爲愛護吾國之中等教育計，爰有復校運動之嚴密組織，於是電呈教部，陳述理由，請求復校。而朱部長竟若罔聞。後經重慶校友斡旋及本校代表赴渝請願，前後數十日，舌敝唇焦，所獲結果，不過僅准北平另設師範學院。西北師院員生則當永留蘭州。顯與吾等復校宗旨不符。當是時，全校同學，

憤慨萬狀，立即召開大會，決議罷課，通電全國。旬日有奇，只以院長來電，代表返蘭，地方教育當局鄭廳長來校勸慰，故又暫時復課以待命焉。然則復課迄今，兩月有餘矣！其間所聞者何？一則曰：「教部之准予中工之復校也。」再則曰：「教部之准予西醫院之復校也。」三則曰：「教部之准予僞校生之免試也。」而我西北師院全體員生之復員問題，從未隻字談及。復校至此，已確實證明朱部長深中納粹之毒，恣意暴行，漠視民主意識，固執成見。加以胸藏禍心，陰謀百出，竟抹煞我校過去之光榮史績，與今後吾校對於收復區中等教育之偉大任務。蓋敵寇八載以還，對淪陷區之經營，不遺餘力，對各級學校則普遍實施奴化教育，而中毒最深，影響最著者，厥爲中等教育。欲有以振救之，自非培植大量優質中等教育師資不爲功。而培植優質師資，自非有歷史、有經驗如吾校者不爲功。故吾校對於收復區中等教育之復興，實屬責無旁貸。然爲完成此偉大任務，則非復校至北平，實不足以語此。時至今日，當局對吾等復校之要求，尚無深刻之認識，與承認之表示。故我校員生數百人僉認爲復校已臨最後嚴重關頭，焦急之情，寢食不安。故由大會決議，自民國三十五年元月六日赴渝請願，整隊南下，男女相從，無間老少。抵渝之後，如蒙當局俯察，准予復員復校，自當偃旗北返，準備遷平。若不獲命，唯有於教部門前，露天設宿，與日俱長，敢復回見西北父老乎？今當苦寒，凍指裂膚。陳詞告別，不勝依依。

國立北平師範大學

復校運動聯合會謹啓

1946 年 1 月 6 日

一九四六年　二十六歲

一、二月間，因蘇聯借打日寇之名，出兵東北，姦淫婦女，搬走機器，並久佔不撤兵，激起全國人民憤怒，無間男女，不分老少，一片抗議聲。我也隨校參加了反蘇愛國大遊行。

春，「文譚會」二次更換領導，舉我爲首。這次又增加了王嘉祥、羅定五、高振中、郝息元等會友。但因畢業在即，忙於找出路，無暇開展「文譚會」的工作。

　　八月底，蒙李建勳教授轉託楊體要先生，代謀省立女中事成，任初一、初三、高一國文課。時女中同事中有張霞蔚等幾位西師畢業同學，年紀不相上下，促膝談心，甚是相得。授課亦頗受歡迎。學生於滬生、李迎曙表示對我有意，但我心不在焉。課餘仍專心致力於研究，孜孜不輟。

一九四七年　二十七歲

　　二月十八日，經數年努力，終於草成《王荊公詩之研究》，計約五萬餘字。

　　時光荏苒，看看將放暑假，乃於六月二十日晨，和呂印珍結伴自蘭啓程北上。甫上車，即被特務拉下，看完路條，核對了名字，才被放行。呂印珍後來則對我說：「眞替你捏一把汗！」途中阻雨。在寧夏省城（今銀川市）滯留一周。終日抱膝齋頭，臥聽雨聲，好不心煩！及雨止天晴，繼續北上，舉目沿河一帶，稻浪青青，一望無際，謂爲塞上江南，語不虛也。抵陝壩，又拖延數日。自此而東，人煙稀少，一是大草原。但見野草叢生，臨風作響，牛羊遍地，時隱時現。目睹此景，不由朗誦起《敕勒歌》來，並和一首，題爲《過草原》，調寄《浪淘沙》：

　　　　茫茫大草原，四遠接天，一路但聞牛羊喚。

　　　　風來草偃一串串，原形畢現。

　　　　上溯越千年，早有遺篇，《敕勒歌》詞天下傳。

　　　　今臨草原重吟詠，仍覺新鮮。

趕車五原途中，一天看看日落，車忽拋錨，搶修不及。此地前不著村，後不著店。是夜即宿於汽車下。雖疲倦已極，但慮虎豹豺狼，那裡合得上眼。

　　到包頭住一夜，翌日改乘火車，途經歸綏（今呼和浩特市）、大同、張家口、宣化、南口等地，七月十日抵平，通過老友史國顯，住進北師大學生宿舍。

　　八月，考清華研究所失敗。接受老學長劉秉哲邀請，到法勤中學，兼一班國文課，與韓寶珠女士同事。她教數學，我教國文，常有機會在教員預備室攀談。

　　九月，又經曹述敬兄推薦到教育部北平中學進修班任專職教員。在該校任職的老學長除趙連卿主任外，還有劉承五、于澤禾，學弟有劉漢生，互相關懷，互相支持，悠哉悠哉，如魚得水。

　　入冬，國民黨改革幣制，實行金圓券，我當時一開始，對此即抱悲觀，後果不出所料，有兩首自製的順口溜可證。

其一云：

　　領到金圓券，趕快換銀元；

　　手中攥一攥，少吃半月飯。

其二云：

　　金圓券，一大捆，玉米麵，秤半斤；

　　不到一袋煙，價格又三變。

一九四八年　二十八歲

春，原師大校長李蒸競選立法委員，在劉承五兄的帶動下，我和劉漢生都積極參加，廣為宣傳。對我來說，所以如此賣勁，純為報恩。古人云：「滴水之恩，當湧泉相報。」

五月，在同事們的慫恿下，開始進攻韓寶珠女士。接受以往失敗的教訓，寫情書切忌濃墨重彩，赤臂上陣，乃借約會春遊的形式，意在筆端，含而不露，這樣終於把她吸引到我的身邊，兩心相應，一拍即合。從此以後，課餘假日，過從甚密：或促膝談心，卿卿我我；或踏青郊外，流連忘返；或逛公園，並肩緩步；或遛大街，聯袂閒行；或到國子監，坐曬太陽；或遊雍和宮，參觀佛像。每次相會，難捨難離，千言萬語，情意難盡。

暑假，考北大研究生，又失敗。

十二月二日，小腳娘大鬧進修班，猝不及防，只有「走」為上策。次日一早，便飛奔到粉子胡同（法勤中學校舍在此），等候來上課的韓寶珠，向她告辭。她送我到車站，纏綿悱惻，泣不成聲，就在這一天，我到了天津。

十二月八日，始離津赴塘沽，登「大生號」貨輪南下。船行三日三夜，十二日下午，才抵達上海。回首一路，一片汪洋，波浪滔天，惡風時作，心驚肉跳，此乃平生所遇最兇險的場面。事後有一首詞，描繪我當時的心情，題為《出走》。調寄《清平樂》：

　　　　天低海高，白浪接青宵。一葉小舟水上漂，好不心驚肉跳！熬

　過三天三夜，總算望到江岸，竊思斷絕後患，不覺笑容滿面。

既抵滬，無處投奔，乃隨進修班同事王淑琴到她親戚家打地鋪睡了一夜，翌日，即赴南京中央大學吳文秀處，文秀乃為我西師同班同學，為人熱情，見我狼狽而來，無處落腳，雖無房間，亦願收容我，與其夫婦同居一室。同時為我謀職，四方奔走，但月餘迄無著落。

一九四九年　二十九歲

　　一月中旬，由南京到蘇州，投奔國立社會教育學院王嘉祥、張拱貴、廖序東諸兄。他們多日爲我找工作亦無結果。茫茫大地，竟無尺寸棲身之地，每思及之，輒黯然神傷。後來經拱貴兄倡議籌資組建「江東專科補習學校」，設國文、國語、藝術、外語四科。

王學奇、王靜竹、廖序東於 1989 年 9 月 17 日合影

　　我們又親自上街張貼招生廣告，同時在《江東日報》上介紹補專的教授陣容，此二月下旬事也。不久，廖序東兄推薦我到景海女師教課，拱貴兄又介紹我到江蘇省立師範學校教拼音字母，一時又忙得不亦樂乎。

　　四月二十一日，解放軍佔領南京，蘇州風聲日緊，大街小巷，到處是一片逃亡現象，有一首詞記錄著當時實況，調寄《清平樂》：

　　　　敗耗頻傳，蘇州亂成圑，豪吏小民不一般，各打各的算盤。

　　　　滿街飛車亂撞，紛紛四散逃亡，剩下的小人物，護廠護校眞忙。

四月二十七日拂曉，解放軍開進蘇州。後來，江東專科補習學校停辦，桌椅等物悉數捐給政府。

七月三十一日北上，住在報子街北平旅舍，又與韓寶珠聯繫起來，久別重逢，彼此交換離別情況。多少歡欣，多少眼淚，傾訴不盡。

八月，考北大研究生，又失敗。後來才得知：錄取的研究生原來都是從本校得意門生中內定的，外校生沒有希望。因而，到八月中旬，經於澤禾推薦到和內順城街勞動中學任教。十月一日，在天安門前參加慶祝新中國成立大會。

一九五〇年　三十歲

二月，被勞動中學解聘，隨即到北京市一中（在郎家胡同）任教，至暑假又被解聘。這期間與韓寶珠的感情，以夜長夢多，漸生嫌隙，互有微詞。

九月三日，瀋陽工學院（後改稱東北工學院）副院長張立吾來京招聘教師，經黎錦熙老師推薦，乘車赴瀋陽。離京前，寶珠送我上站，這次已不似往日之涕泗滂沱矣。

賀澹江師母、黎錦熙業師（前排）
黎澤渝、吳奔星、李金凱、張拱貴合影

　　我在瀋陽工學院上課不滿兩月，因朝鮮戰爭，波及我東北，擾攘不安，院長靳樹梁於十月二十五日宣佈遷校，派我等爲先遣隊，先到長春，又到吉林，住了兩個星期，校舍無著。十一月八日，從吉林又折返長春。以後東北工學院長春分院即落腳於此。同時留我在分院任教。入冬，教務處處長吳錦又任命我爲國文科科主任，力辭，未果，遂與從老解放區來的秦冰露同志相配合，同掌科務。

一九五一年　三十一歲

　　二月，於冰天雪地中，抱著一顆火熱的心，由長春遠赴北京，本擬和女友韓寶珠商議結婚的事，不料她已琵琶別抱，把我拋在腦後，連通知我一聲都沒通知，就叫我靠邊站了。當是時，我立覺天旋地轉，腦子裏一片空白。痛定思痛，乃援筆寫小詞《釵頭鳳·情變》一首：

　　　　手拉手，並肩走，滿城春色看楊柳。秋風惡，婚期拖，疑神疑

　　鬼，夜長夢多，錯！錯！錯！　　春依舊，人已瘦，萬水千山尋配

　　偶，風雲作，太叵測，鵲巢鳩佔，有苦誰說，莫！莫！莫！

返校後，爲沖淡失戀的悲哀，在秦冰露同志的參謀下，乃進攻體育教研室的舞蹈教師趙家，久攻不下，息兵罷戰。

　　七月，通過吳奔星先生的幫助，出版了有關抗美援朝的新詩集《鴨綠江歌》。同時開始廣泛搜揖作家小傳資料。

王學奇、吳奔星（1981 年 5 月 29 日）

十一月初，同事吳柳公搭橋，與王靜竹女士往來，對方不但要求我交相片，還要求我寫自傳，做自我交待。這個介紹方式，可謂別開生面！

同月二十七日，因東北工科院校調整課程設置，取消大一語文，我和吳柳公、田朝漢遂被調到東北師範大學中文系，因得機結識詞學大師唐圭璋先生。唐先生人品極高，和藹可親，常與之探討治學問題，獲益頗多。

一九五二年　三十二歲

六月八日，思想改造過五關。

九月十二日，與王靜竹結婚，沒有舉行儀式，只鴨默雀靜地找幾個至親好友在長春食堂撮了一頓。我們的結合，不僅是生活上的伴侶，也是事業上的同志。同心同德，攜手闊步。在我們的第一首戀詩《談判》中就這樣宣告道：

> 不拿薪的政治老師，我問你幹不幹？
> 取長補短，我也要聘你為語文教員。
> 我提倡「家庭學術化」，你怎麼看？
> 那還用說，正合我心願。

一九五三年　三十三歲

二月十九日，自請離職，次日即被獲准，隨即同靜竹進京，先住在北平旅舍，繼住好友周振傑家。後通過老學長劉承五，搬進宣武門內頭髮胡同一號，與副市長吳晗為鄰。

四月一日，到天津音樂學院接替學長高懷玉兄教授文學課，講文學理論和世界文學。課餘則繼續搞《現代文學家小傳》。書成，送到上海新文藝出版社，給我提了不少建設性意見，看樣子有望出版。

九月十六日，靜竹由京來津，學林兄介紹到七中，蔭桐兄介紹到二十九中，經過考慮捨七中而就二十九中，任語文教員。當時她住她的學校，我住我的學校，一周一聚，如牛郎織女然。

一九五四年　三十四歲

五月十九日，長子王紅生於天津紅橋區水閣醫院。在這之前，我住河西區紹興道六號中央音樂學院宿舍。王紅生後，靜竹才搬到我處，同起同宿。

一九五五年　三十五歲

過春節，我去北京懷柔縣王化村看望兩個姐姐。歷盡滄桑，恍如隔世，千言萬語，哪容說出口來，一見先是抱頭痛哭一場。

三、四月間，胡風上萬言書，以「五把刀子」觸犯天威，株連甚廣，遂被定性爲「胡風反革命集團」，號召舉國聲討，於是許多作家、藝術家，被口誅筆伐，紛紛拉下馬來。今日黨的喉舌，明日便成階下囚，因此我的《現代作家小傳》，也隨之嗚呼哀哉。

五、六月間，繼批判胡風之後，又大搞肅反運動，影響所及，人人自危，眞是「洪洞縣裏沒好人」了！當是時，我也成被懷疑對象，禁閉四天，終以無「反」可肅，恢復自由。肅反期間，最使我遺憾的，是我大學同班同學，也是我追求過的第一個戀人韓芙女士從瀋陽來河北保定路過天津時，相約在天津車站一見，也因肅反運動未能如約前往，結果使她撲了個空，事後有一首小詞《調笑令・失約》記其事：

> 遺憾！遺憾！往日失結良緣，今天車站約見，又遭肅反阻攔。
>
> 阻攔！阻攔！從此天台路斷。

一九五六年　三十六歲

三月三日，自請由中央音樂學院調到河北天津師院中文系，教函授生及專修科的文學概論課。教這門課，對我來說，駕輕就熟，樂此不疲。結合教學，我先寫了一篇《怎樣學習文學概論》，發表於《函授通訊》，同時還與教研組同志共同編寫了《文藝學概論》。當時我想在這方面發展一下。

暑假，女兒寶玉（後改名王躍）自密雲來津就讀。

入冬，我被拉進九三學社，遂成爲我後來倒黴的總根源。

一九五七年　三十七歲

暑假前，在《函授通訊》上又發表了《論文學的社會作用》、《作家的主觀思想與作品的客觀思想》兩文，頗受賞識，我也自鳴得意。接著又寫了一篇《論自然主義》，但後來沒有下文。

五月十二日，次子王藍生於天津河東區工人醫院，生得很順利，全家自然欣喜異常。

六月八日，《人民日報》發表《工人說話了》那篇文章以後，矛頭對準知

識分子，展開反右運動，氣氛頓時緊張起來。先是動員我批判劉維俊，後來這把火便燒到我身上來。欲加之罪，何患無辭！打手們生編硬湊，連吃燒餅掉個芝麻粒都可以上綱到反對「統購統銷」上來。就這樣我終於沒逃脫那場災難。八月二十八日，沾九三學社總頭目許德珩的「光」，污蔑我是他的黑干將、天津市的代理人。於是我的大名有幸和許德珩一起上了《人民日報》，次日，經全國各地方報紙一轉載，我變成了「國人皆曰可殺」的罪犯。天呵！這是哪家的邏輯？其實，我連許德珩的面見都沒有見過。

暑假期間，以歷史系陳作哲為首的批判小組，對我跟蹤追擊、輪番炮轟，大施逼供信戰術。暑假後，他們都歡天喜地地得勝回朝去請賞，我只得抱著委屈向隅而泣。

一九五八年　三十八歲

春，據說天津市委不滿意學校上報的右派指標，也就是說不符合最高統帥的百分之五壞人的估計。要求學校深挖細找，於是中文系就把我和朱以書教授挖出來增補上去，這才算足額。既已定性，便把「右派」這頂桂冠，牢牢給我們扣上。運交華蓋，莫可奈何，作《感遇》詩一首，以寄感慨：

> 生來就喜作書蟲，與世無爭苦用功。
> 可憐一覺黃粱夢，贏得右派分子名。

四月十三日，中文系領導笑面虎黃泛宣佈對我的處分：一，取消講師學銜；二，取消七級講師的工資待遇，每月只發三十五元生活補助費；三，下放黑牛城監督勞動。後來院黨委書記李榮樸又以同樣的內容向我宣佈一次。

同月十六日，當我被押上汽車去黑牛城時，老婆孩子，眼噙著淚，不知所云。同車被押送的還有李立民、王麥杆、張永欽、康林、姚大業、王立志、符振寰等。在黑牛城九個月的勞役中，什麼活都幹過，如放水、打草簾、割稻子、深翻土地，等等。不僅白天幹，還要搞夜戰。累得筋疲力盡，管制我們的屈偉大人，他一向貪睡早覺，還硬說我幹活偷懶，經常開批判會，從精神上折磨我。尤有甚者，還在晨操活動中，把我們這幾個「右派」哥兒們，置於鄉下地、富、反、壞隊伍中曝光，叫全黑牛城的人蔑視我們、歧視我們，真是侮辱、丑化，無所不用其極。在我後來的《憶苦詩》中，對這段生活給我的摧殘有如下的描寫，詩曰：

> 四十一年前，發配黑牛城；終日服勞役，大氣不敢哼；

地富反壞右，又列第五等，曝光給群眾，一片鄙夷聲；
尊嚴全掃地，還遭重炮轟；欲生生不得，欲死又不能；
如此屈辱史，貫穿大半生；至今回味起，猶自淚縱橫。

一九五九年　三十九歲

一月十六日，學校把我和康林、張永欽、姚大業調回學校，在天緯路河北師院南院聽人事處趙處長指示，他叫我們辦轉戶口和離校手續，準備轉到河北北京師院去。

同月二十日，我們四個人就結伴到了北京。組織上先把我們安排到一個宿舍，又安排我們到中文系資料室整理圖書。約過旬日，保衛科副科長李振甫又通知我和康林到教務處油印室，接受齊香圃的直接領導，做推滾子印講義的勞動。

既返學校，有條件搞學問。經我考慮的結果，不能再搞文藝學，因文藝學是反映階級觀點比較敏感的學科，往往容易被人曲解，風險較大。根據我自身的條件，以攻元曲語言為宜。我的條件是：（1）背誦過很多古文和古詩詞，同時還研究過唐宋詩；（2）師從黎錦熙先生受過良好的音韻學、語法學的教育。因此，我自信經過一個時期的努力，必能有所成就。決策既定，便從圖書館借些有關的書，於公餘之暇，偷偷地、默默地搞了起來，被稱之為「地下活動」。

一九六〇年　四十歲

春季風沙漫天，領導令我到西山勞動基地參加植樹造林，大戰九連山。初上山時，給養要靠人背。每人四十斤，沿羊腸小道，步步攀登，一不小心，便會滾落山崖，粉身碎骨，好不驚險！那次勞動的唯一收穫，就是遊覽了潭柘寺。此寺深藏於崇山峻嶺中，景物奇特，歷史悠久，傳說很多，（見《帝京景物略》）。諺曰：「先有潭柘寺，後有幽州城」。幽州，即今之北京也。

暑假後，靜竹由浮腫轉肝炎，教學不勝任，乃改換圖書館工作，因得以配合我治曲，隨手搞些資料。俗話說：「塞翁失馬，焉知非福。」正此之謂也。

一九六一年　四十一歲

春，靜竹病重，開始半休。

九月二十九日，奉令由教務處轉到印刷廠，叫我做折葉子、撿葉子勞動。此時，適值靜竹病情轉重，請假赴津。席未暇暖，又接到教材科長郝正挺的信，催我返京。幾天之內，三易其地，疲於奔命。

十月二十日，幹部科劉香又通知我調到圖書館，圖書館又分配我到中文閱覽室。名義上雖然仍屬監督勞動性質，但在我看來，則如魚得水，憑藉在圖書館工作的便利條件，可以進一步加強對元曲語言資料的搜揖。搜揖方式，一仍其舊，是在暗中進行的。否則，任何一個「革命群眾」都可以舉起「知識愈多愈反動」的大棒，給我扣上「抗拒改造」的罪名。

一九六二年　四十二歲

十月二十四日，在歷史樓政教閱覽室，由副館長魏顯庭當眾宣佈摘掉我的右派帽子，恢復政治名譽，但工資沒有恢復，而是按新畢業的大學生待遇，每月只發五十六元，工作也未改變，繼續做看閱覽室的工作。在人們的觀感上，都目我為「摘帽右派」，處境並不比以前好多少。但我橫下一條心，一定要把元曲語言研究好，寫出一本像樣的書，依靠自己的雙手，把「帽子」徹底摘掉。

一九六三年　四十三歲

春，開始和顧學頡先生接觸，在彼此交談中，顧瞭解到我對《古文觀止》頗有基礎，又有些講稿，他很高興，於是向我建議，合注《古文觀止》，準備由中華書局出版。因之這一年暫時放下元曲語言的研究，而專攻《古文觀止》的注釋。經過一年的拼搏，初步完成《古文觀止》二百多篇古文的注釋，從其中又精選出四十篇，輯為《古文選讀》，但運氣不佳，適值出版總署壓縮出版古典圖書，中華書局打了退堂鼓，兩書均遭謝絕，白費了我一年力氣。

六月，靜竹因病休長假，每月只拿工資七十元的百分之四十，家庭經濟益形困難。

七月十九日，大外孫女孫靜生於市立第二中心醫院。

一九六四年　四十四歲

春，曾到北京懷柔縣參加「四清」運動約一月有餘。所謂「四清」即指清政治、清經濟、清組織、清思想，美其名曰「社會主義教育運動」，要求農

村幹部「下樓洗澡」，實際收效不大。不過折騰折騰老百姓而已。

四月，「四清」回來，到顧學頡先生家串門，言來語去，我透露對元曲語言特感興趣，並已開始在積累資料，並說明我搞的理由。他聽了更是高興，說他也有點材料，願意和我合作。臨告別，他便拿出他的材料叫我帶上。但沒過多久，他又向我說：「因爲忙於白居易詩編年考證，沒工夫兼顧，你自己搞吧。」同時把材料要了回去，此後，我在我愛人的支持和配合下，就由我們夫妻二人合搞，她在天津，我在北京，兩線作戰，遙相呼應，誓把《元曲釋詞》寫好。當時曾撰有一支小令，題爲《攜手創業》，表明我當時的決心，曲牌用《雙調·折桂令》：

> 何怕遠隔雲天？曲海有意，連成一片。你在那邊，我在這邊，
> 緊密配合，暗地裏堅持長期戰，發誓寫好《釋詞》做貢獻。長，也
> 歸咱，短，也歸咱，任人褒貶。

暑假，顧學頡先生夫婦，在王府井北口萃華樓飯莊宴請黎劭西老師和師母。應邀在座的還有吳奔星、劉世儒和我。席上黎師問及我治曲的情況，我便乘機向黎師做了簡要的彙報，深得黎師的嘉勉，同時他又告訴我一些必備的參考書。在治曲方法上，我在北京工作時，還經常向黎師請教，黎師也樂意輔導我。只是自「文革」開始以後，鑒於形勢，不敢、也無機會再去他家。直至黎師逝世，也未能再見他一面，鑄成終生遺憾。

十二月中旬，靜竹因子宮外孕症，入天津工人醫院，十二月十七日動手術，切除右側輸卵管及右側部分卵巢。這次患病，失血過多，幾乎喪命。當我接電報回到家裏時，手術已畢。按當時情況，我理應多護理她幾天，但因領導給假不多，匆匆返校。事後每思及之，輒感內疚，又無可奈何。

一九六五年　四十五歲

這一年繼續廣讀有關元曲諸書，摘錄詞語，按黎師指教的方法，製作卡片，門分類別，不遺餘力。隨著工作的深入，不免引起別人的注意：監視者有之，非議者有之，告密者亦有之。或污蔑我在搞「自留地」，或揭發我留戀「資本主義尾巴」，或譏刺我妄想當專家教授。種種毒言惡語，不一而足。因之不得不嚴加防範，於是採取「滿紙塗鴉」、「化整爲零」、「堅壁清野」、「塞窗閉戶」、「聲東擊西」的對策；如狹路相逢，躲避不及，被人抓住小辮子時，則僞裝投降，表示悔改，絕不硬頂，暫時潛伏下來，以圖東山再起。當時有

一首用騷體寫的《戰歌》，表示我應戰的策略：

> 不讓我讀書兮加班加點，早起晚睡兮西再利用假期，
>
> 飯前飯後兮也不放過，爭分奪秒兮只有硬擠。
>
> 群醜奚落兮莫可奈何？裝聾作啞兮視若放屁，
>
> 專家教授兮舍我其誰？真他媽的狗眼看人低！
>
> 派「克格伯」兮前後跟隨，調「三K黨」兮左右不離；
>
> 想逼我收攤兮那是妄想！兵來將擋兮針鋒相對，
>
> 堵窗塞戶兮堅壁清野，化整為零兮聲東擊西；
>
> 魔高一尺兮道高三丈，叫你摸不著兮把你參怎的？
>
> 智者千慮兮難免一失，連書帶卡被抄兮只好認「罪」；
>
> 點頭哈腰兮滿口「改改改」。心裏罵道：「滾他娘的！」

冬，上海《文匯報》發表了姚文元的《評新編歷史劇〈海瑞罷官〉》，當時我只道是對著名歷史學家吳晗的嚴屬批判，而不知道這是奉旨做文，是「文化大革命」揭幕的信號。

一九六六年　四十六歲

四月四日，圖書館副館長通知我配合師生下鄉勞動到宣化農場做圖書服務工作，於是我和閱覽組組長朱必威攜帶一部分圖書，如期到了宣化，在農場找間房子，稍作布置，一個簡易的圖書閱覽室便成立起來了。吃於斯、住於斯、服務於斯，生活非常單調。每當夜闌不寐，想起愛人病休在津，不能常回家看看，輒感神傷。但上命難違，莫可奈何，只得離京赴宣，把一肚子離愁別恨，寄託在下面的小詞《長相思》裏：

> 思悠悠，恨悠悠，越行越遠近沙丘；雁飛不到處。
>
> 別有日，歸無期，魂牽夢繞在病軀，死也掛念你。

五月十六日，中央政治局擴大會議決定撤銷彭真領導的「文化革命五人小組」，改由陳伯達為組長，江青為第一副組長，康生為顧問的「中央文化革命小組」。文件裏還著重指明有一批反革命修正主義分子（暗指彭、羅、陸、楊）鑽進黨內。這個文件（簡稱「五一六」通知）發表後，文化大革命的風暴就正式開始了。

六月初，北京大學聶元梓的一張大字報刮到宣化農場來，整個農場為之沸騰，揪人、掛牌、批鬥，甚囂塵上，鬧個翻天覆地。矛頭雖然還沒指向我，

但終日心神不安，真如十五個弔桶七上八下。

　　同月十九日晚，大揪鬥開始，中文系很多在宣化勞動的老師，如公蘭谷、鄭鷹嫻都未能幸免。被揪並不憑什麼理由，只要有人在會場一喊：「把某某揪上來！」這個人便被革命群眾像死狗一般橫拖倒拽簇擁至前，撅起屁股，任人擺佈。哪怕裝作革命的積極分子，剛喊出把某人揪至臺前，話音未落時，如果再有人喊出他的名字，他也會遭到同樣的命運。人人都像瘋狗一般，互相亂咬，完全失掉人的理性。我當時千幸萬幸，免於這場劫難。但我在會場內，把頭低得幾乎挨地，恨沒地縫可鑽。全身冷汗澆流，瑟瑟發抖。後來我寫有一首小詩《弔老九》追憶道：

　　　　三十四年前，六一九那天，突然大揪鬥，農場鬧翻天。

　　　　批鬥才開始，「罪犯」早成串，只要有人喊，隨時揪上前。

　　　　越多越革命，名額沒有限。哀哉「臭老九」，默默無一言。

　　　　屁股撅天高，頭向地下鑽。天熱汗直淌，蚊蠅又添亂。

　　　　我雖免此劫，全身亦打顫。事後回味起，至今膽猶寒。

八月十六日，在宣化的全體師生被召回北京，參加校內的大革命。

　　九月十日，終於把我揪了出來，進一步擴大了「牛鬼蛇神」的隊伍。

　　十月十三日至二十一日，又被押到宣化農場去割稻子。連日奮戰，氣喘吁吁，不敢言累。

　　同月二十九日，由圖書館康魁下達通知，又把我解放了。這不過是暫時鬆綁，因為我是「死狗」（當時對「右派」的別稱），不會幸免的。

一九六七年　四十七歲

　　這一年文化大革命鬧得熱火朝天，河北北京師院分別成立了兩個勢均力敵的，比較大的戰鬥隊——「紅旗」和「東方紅」，他們互爭雄長，派仗不休。以外還有比較小的山頭，另樹旗幟，如「井岡山」等。我在的圖書館也有戰鬥隊。他們為擴大勢力，有人也想拉我入夥。但我自度當過「右派」，不敢貿然參加，深恐以後被污蔑為別有用心的黑手，列為重點打擊、批鬥的對象。因此我一直置身局外，作為」「逍遙派」靜觀風雲變幻。這一年我親眼看到校內外各個戰鬥隊，到處揪鬥，到處遊街，到處打砸搶。搶來的東西往往據為己有。有的「勤務員」（造反派頭頭的雅稱）還設有女秘書。各戰鬥隊之間，都聲稱「以我為中心」，爭權奪位，甚至武鬥。大喊「誓死保衛毛主席」，「誓

死保衛江青」。就這樣，許多無辜者，包括不少有重要貢獻的作家、學者，都受到嚴重傷害或死於非命。那些自命締造新世界的紅衛兵小將，藉口破「四舊」（即所謂舊思想、舊文化、舊風俗、舊習慣）毀壞了無數寶貴的古代文物，焚燒了無數珍本、善本、孤本藏書，真是一場難以言喻的文化大浩劫。當時我曾寫有一首《扒手歌》。歌云：

> 有志登顯要，苦無門路找。文化大革命，竊喜機會到。
> 削尖腦袋鑽，上竄又下跳。揪鬥走資派，坑儒把書燒。
> 配合打砸搶，到處撈稻草。招兵又買馬，派性作號召。
> 八方相呼應，「中央」找依靠。築起小山頭，姑且登大寶。
> 安上電話機，房子占一套。物色女秘書，汽車不能少。
> 兜風滿天飛，手舞又足蹈。忽聽唱聯合，如遇冷水澆，
> 撲騰滾下床，肉跳三丈高。速召眾嘍羅，對策來商討。
> 廣泛造輿論，喇叭哇哇叫。以我為中心，會上爭代表。
> 暗施小動作，見面開口笑。你打你的鼓，我吹我的號。
> 假此拖刀計，硬把時間泡。自謂決策妙，誰料更糟糕。
> 鼙鼓動地響，運動展開了，一打兼三反，各地兜材料。
> 尾巴被抓住，掙扎也徒勞。鬥爭開大會，屁股撅天高。
> 罪證堆成山，賴也賴不掉。只好認倒黴，一報還一報。

面對如此這般的「革命」英雄和「革命」手法，把國家搞得烏煙瘴氣，損失慘重，使我痛心疾首，莫可奈何，只有抑制住悲憤，躲在一邊，默默地沉潛在元曲研究之中。

一九六八年　四十八歲

四月二十九日，河北北京師院部發出通告，要對所有有問題的（包括摘帽右派）實行專政。勒令這些人自四月三十日起到理化樓一一九教室集體學習，背誦「老三篇」，（《愚公移山》、《紀念白求恩》、《為人民服務》）。從此我再也不能逍遙了，只能規規矩矩，每天按時到這裡來學習。監督學習的，雖是一名乳嗅未乾的小將，但很嚴厲。一次把一位七十多歲的圖書館長叫到講臺前，令其背誦，稍一打奔兒，小將就抄起教鞭，朝他背上狠抽一頓。這位老翁忙陪笑臉說：「該打！該打！」此情此景，真叫人啼笑皆非。鞭子雖未抽到我身上，但我懂得這是「殺雞給猴看」，以後得倍加警惕。

五月八日，又開始要求我們勞動。白天勞碌一天，疲憊已極，希望夜間睡個囫圇覺，但有一次最高指示發表，哪怕是一兩句不合文法的話，或者幾個字，夜間也得起床，整隊到街上遊行，鑼鼓喧天，喊口號，放鞭炮，動作稍有遲緩，輕則遭申斥，重則罵你是反革命。

八月二十二日，在這天以前，作爲被鬥的配角，我記不清陪過多少人的榜；論當主角，這次輪上了我。這天酷熱，赤日高照，估計八九點鐘的光景，小將們便把我們「同犯」十五個人帶出教室，繞理化樓以「坐飛機」的方式遊鬥一遭。遊鬥時，在每個「同犯」身邊都配備兩個兇相畢露的「革命小將」，倒架起我們的雙臂，並迫使我們腰要彎到九十度，兩眼向下，兩腳似貼地又沒有貼地，像死狗一樣被拖著快速飛起來，邊飛著，邊高喊「打倒在地」、「踏上千萬隻腳」、「叫他們永世不得翻身」等口號。那時小將們是何等的開心，可我的雙臂幾乎被扭傷，久久不能平復。

九月二十八日，又把我們這些所有所謂有問題的人打入另冊，集中到中文樓二樓，進行統一監管。這一段不平凡的生活，我已記不清是怎樣度過的。到十月七日晚上由革委會負責人趙某發布院革委會命令，才由「集中營」放出我們，下放到各單位。我便由教材科科長郝正挺、圖書館秘書楊殿剛接收過去。以後學習班的地點，就設在中文樓圖書館秘書室，不久又轉移到九號樓147 房間。在一起參加學習班的，除我外，還有鄒海珊、王林、黃達三、劉淑楨、楊海天等十人。

十一月六日（星期五）晚飯後，我被通知到另一個檔次較高的「集中營」管訓隊報到。此時管訓隊已關進九十四人，各系各單位的都有。負責管訓隊的副隊長是政教系即將畢業的學生李廣泰，此人相當的左，對被管制的人，動輒橫眉立目，口出不遜。爲防自殺，在管訓隊期間，連針也不許帶進，徹夜燈火通明。即使如此，也有人不堪其折磨自縊而死。吃飯要由人帶隊進出食堂，飯前飯後，還要求在毛澤東像前行禮致敬，並要求舉起「紅寶書」（《毛主席語錄》），口中念念有詞，一齊高聲朗讀什麼：「革命不是請客吃飯，不是繪畫繡花……革命是暴動，是一個階級推翻另一個階級的最暴烈的行動。」「凡是反動的東西，你不打，他就不倒」，「他們人還在，心不死」，「我們要踏上千萬隻腳，讓他永世不得翻身」等等，每次被迫朗誦這些「聖經箴言」，精神上就受到天塌地陷般的震撼。不僅如此，管訓隊期間，食堂中的剩飯、剩菜，發黴的饅頭，也都規定要賣給我們這號人吃。因而這期間，食堂收益相當不

錯，常改善生活，大嚼一頓，而我們這些人經常跑肚拉稀，不但沒人過問，有的還幸災樂禍。

一九六九年　四十九歲

在管訓隊，從上年入隊到出隊，我共待過一百零二天，中間經歷一個春節。那個春節，不比往年，而是在清冷得比監獄還監獄的管訓隊中度過的。當時的難友，尚有武永興、王景惠、牟寶珍、黃達三、鄒海珊、王燕強、張貴銓、唐驥華、董賓沂、趙漢錚、妥宗武等共十二個人。面面相覷，各有所思，好不凄涼寂寞！「每逢佳節倍思親」那句話，沒有比這個時候更感到親切的了。

在管訓隊期間，除了去食堂由人帶隊吃飯，絕不准擅離半步，一點自由也沒有，真是「不是囹圄勝囹圄」。後來我寫有一首詩，表露我當時的心情和遭遇，題為《窗外》：

> 我幾次忐忑地走向窗口，
> 最後才堅定地在窗前停步；
> 窗外的天是那樣的藍，
> 陽光是那樣充足。
> 飛鳥在廣闊的天空盡情遨遊，
> 小狗也可以在馬路上自由散步。
> 我像久病者渴望健康一樣，
> 對這一切產生極大的羨慕。
> 窗內窗外只是一牆之隔，
> 但卻是不可逾越的鴻溝。
> 我想：果真有傳說中的「影身草」，
> 或「奇門遁甲」的法術，
> 就可以躲避那監視的眼光，
> 大搖大擺地自由出入。
> 要不，變作一粒飛塵，
> 也可以從窗戶縫裏溜出；
> 要不，哪怕變成一團手紙，
> 也可以跟著垃圾到外面走走。
> 思想的翅膀正在幻想中飛翔，

想不到嚴酷的現實已臨身後。

在暴徒的一陣狂吼聲中，

劈頭蓋臉，又飽餐一頓拳頭。

我從昏迷中醒來，

已癱瘓在地上，鼻孔的鮮血仍然在流，

但我的心始終沒離開眼睛，

眼睛始終沒離開窗口，

我見窗外的天仍是那樣藍，

陽光仍是那樣充足。

二月十五日，從管訓隊被放出來，就到院部學習班學習，一直到三月三十一日。參加學習的，主要是院系兩級顯要人物，如周學鼇、盧金堂、孫玉章、武永興、秦廷榕、李直鈞、鄒海珊、黃達三、成有信等十五、六個人。學習的目的，無非還是逼我們挖空心思，創造出點罪惡，以達到革命者邀功請賞、飛黃騰達的目的。其實，對所謂「革命者」來說，他們這樣做，都是可以理解的。他們如不撈到一點實惠，誰還「革命」？最可悲的，也是我最不可理解的，爲什麼在被揪的人之中，竟也有暗打小報告，或明火執仗，互相殘殺？這類奴才的奴才到處都有，最可圈可點的突出典型，據我所知，要數武某人或劉某人了。心有所感，不吐不快，因效顰曹植《七步詩》草成下面幾句：

煮豆燃豆箕，豆在釜中泣。

同是落難人，相煎何太急！

三月十五日，小外孫女孫莉生於南開醫院，我已無條件表示慶祝。

三月、四月、五月、六月、七月連續幾個月，在不同的地方，不同的專案組，以不同的規模對我進行頻繁提審、疲勞轟炸，還動不動以「抗拒從嚴」相威脅。但我自知是清白的，心中無鬼，故始終報之以「沉默」。堅信，「沉默」就是勝利，使訛詐卒未得逞。但也付出慘痛代價。在那數不清的日日夜夜，他們像搖煤球那樣，把我折騰來折騰去，身心受到難以言喻的損害。這委屈無處傾訴，也沒勇氣告訴家人，讓家人替我分擔痛苦。就這樣，家裏見我長期沒有音信，著實不放心了，唯恐我被人整死，落得個「活不見人，死不見屍」，於是我愛人冒險犯難，來京看我。我能說些什麼呢，只有抱頭痛哭一場。她住了一夜，眼淚還沒揩乾，就匆匆返津了。我當時確實被搞得人不像人，鬼不像鬼，體面丟光，羞於見人，怎麼也想不通我落到這步田地，因

以《想不通》爲題，略抒情懷。詩云：

> 捲入大風浪，灌得眞夠嗆。
> 想也想不通，老臉全丟光。
> 羞見老相識，遠遠把路讓。
> 帽檐遮鼻下，口罩通耳上。
> 出門溜牆根，回屋就一躺。
> 開會鑽犄角，不吭也不響。

眞是福無雙降，禍不單行！約在七、八月間，時當盛夏，一天中午，我從印刷廠冒雨去食堂吃飯，路過籃球場時，腳忽踏空，落入陷阱，從此踝骨扭折，不能動彈，連吃飯也要靠人代買。但我也慶幸沾了骨折的光，打這以後專案組沒再找我，總算清靜幾天。國慶節我愛人來京，要求把我接回天津治療，但遭到軍宣隊拒絕。說我的問題，尚未交代清楚，於是從十月八日，又幾次找我談話，逼我交代，但我不能把「無」變成「有」，我交代什麼？他們索性把組織上調查得來的「莫須有」的事叫我承認，叫我檢查，以了結這樁公案。我本著「實事求是」的原則，又一次拒絕了。

入多之初，林彪一號命令，外遷疏散。河北北京師院大部分師生去了懷來、宣化，只留下我們所謂有問題的在北京勞動。但追問我的歷史問題，此時一點也沒放鬆。從十一月二十三日起，再一次冥思苦想，搜索枯腸，把我在西北師院讀書時的情況，系統地寫了一份材料，在十二月一日上班時交給了劉中德。從此以後，責成我一面學習，一面勞動。

十二月五日，到第六醫院看骨折，給假一周。我考慮到醫院治療效率不高，想回天津找骨折的專家試一試，於是當晚打個報告：

> 我骨折後，蒙組織照顧，總的趨勢是向好的方面發展，但速度特慢。現在骨折處時腫時消，不僅右腳用力時疼，觸摸時也疼，就是不用力，不觸摸，有時也疼。因此勞動時不能發揮我原有的力氣，心中甚爲焦急。前此歷次到第六醫院每看一次病，總是塗點五虎丹，給點舒筋活血藥片，開假讓休息，除此別無特效辦法。我愛人自津來信，說天津有一家祖傳秘方，專治骨折，收效較快。因擬借病假之機，回津試治一下，速使痊癒，以便全力參加勞動。我家住在天津王串場正義道第十五樓 207 號，如有急事，可隨時召回。特打此報告，希望領導批准。

報告打上去，立即批下來，於是在十二月六日上午十一時十分，便乘車返津。返津後約呆兩個星期，曾幾次到韓柳樹找治骨折的專家。抱希望挺大，而效果並不像外面宣傳的那樣。俗云「傷筋動骨一百天」，我可超過 150 天了，為何遲遲不愈？就因得不到靜養。稍能活動，就迫使我帶傷勞動，硬說這有利改造。這次通過實踐，速愈既失望，不敢久拖，乃於同月二十三日下午三點二十二分速返北京。

一九七〇年　　五十歲

一月九日，又寫份材料交給徐文斌。

二月十日，又寫份材料交給彭子珍，並被告知春節不許回家，照常上班。這是我連續兩個春節沒讓回家和親人團聚了。「幾家歡樂幾家愁」的感歎，又應驗到我身上了！

二月十四日，我鑒於他們對我抓住不放，一而再、再而三地逼我承認他們外調來的假材料，折磨得我無片刻安寧，又加之骨折處仍時時作痛，想來想去：真是上天無路，入地無門！一天在行政樓 416 室學習班上不由啜泣失聲。這情景被許文斌發現，問我為什麼哭？我如實以告，並要求對我的歷史可否再調查一次，於是又讓我重新提供調查的線索。

二月十七日，教育教研室陳素華，把我提供的調查線索材料要去。

五月上半月，印刷廠的郭宗茂、圖書館的魏顯庭又屢次找我的麻煩，頻繁批鬥。十一日，魏又要走我的鑰匙，顯係要搜查我的東西，但我「未做虧心事，不怕鬼叫門」。

同月十九日，奉命同魏顯庭、鄒海珊、張九如去宣化，次日參加在宣化召開的寬嚴大會。會上宣佈趙子慶從嚴，李國志從寬。我想這還是在玩弄「殺雞給猴看」的老掉牙的把戲，用欺騙和恐嚇兼施的辦法，務要從雞蛋裏榨出骨頭來。

同月二十一日返京，繼續參加勞動。同日又通知我從五號樓（單身宿舍樓）二樓搬到一樓 117 室。

六月十二日，又通知我由五號樓搬到六號樓（行政樓）一樓 110 室與徐鳳森、王林、孫玉章、成有信等同住。如此頻繁調動我的宿舍，究竟主何意，我也無心去想它，但從五號樓遷到六號樓，對我確有很大影響。我原在五號樓時，是我一個人獨住，還有條件在勞動、挨鬥之餘，仍可繼續元曲研究工作，搬到六號樓與眾人同居一室，眾目睽睽，怎能擺攤設點，再理舊業。審

時度勢，以後我只好改作新詩。於是我便利用睡眠時間在被窩中打腹稿，因而「神不知鬼不覺」地創作出不少詩篇。短詩一蹴而就，長詩如《楊水才》、《王國福》等，分段完成。加工、潤色則俟諸來日。

六月十八日，我愛人自請疏散到天津北郊區王平公社高莊大隊；隨後我女兒王躍疏散到天津西郊區王穩莊公社小年莊大隊，但都不准我回去看看，照料照料，自恨有家難奔，沒有條件當好丈夫、好父親，只有喟然長歎而已。

六月二十五日，組織上公佈「同犯」徐鳳森的問題，連續折騰他若干天，陣勢比對我還凶。每次大搞逼供信時，吼聲四起，聲震屋瓦。搞來搞去，搞到最後，結果原是同名同姓造成的誤會。不白之冤，哪裏去說？當時類此情況，到處都有，筆難盡述，因之，很爲徐鳳森抱屈，有詩爲證：

> 假左派，太作怪，撲風捉影胡亂猜；
>
> 大施淫威逼供信，張三帽子給李戴。

九月十五日，院部全體人員去宣化，留下時吉成、郭宗茂督促徐鳳森、孫玉璋、鄒海珊和我收拾運往宣化的傢具。因搬遷任務緊急，督促我們甚力，起早貪晚，累得氣喘吁吁，動作稍有遲緩，即遭惡言申斥，不啻牛馬。因以《耕牛》爲題，略抒胸懷：

> 別看它氣喘汗流，別看它骨如柴瘦，
>
> 反正它不會說話，總得叫它耕到天黑日暮。
>
> 軛下的血，宛如雨注，皮開肉綻，目不忍睹；
>
> 老牛噙著淚一步一瘸，噫！鞭子飛來，又一頓狠揍。

九月二十八日，奉命離京去宣化，便與徐鳳森、鄒海珊、孫玉章同車西上；至宣化，四個人仍住在一屋。這是離京赴宣的最後一批，完全徹底地與北京的校舍告別了。當日上午到宣化，下午馬不停蹄，就叫參加脫磚坯的勞動，累也不敢說個「不」字，只得硬著頭皮幹。

十二月一日，由實驗室又遷居到院部村東南角一個房間，同住的仍是原班人馬。

一九七一年　五十一歲

一月二十五日，開始被調往鍋爐房燒鍋爐，一共燒了九天。又讓參加其他勞動，一面勞動，一面挨批，可謂真正做到了勞動挨批兩不誤。這樣的生活，在這一年連續不斷，我也習以爲常了。當時我倒覺得，挨批比逼我交代

問題要輕鬆得多。因為沒有問題硬擠，實在太殘酷了。

　　十月二十三日，請假回津，這是我愛人自疏散到郊區以後第一次回家，我看到鄉村的居住條件和環境都遠不如市裏，不免興致索然，隨即吟詩如下：

　　　　房前茅廁聳，屋後臭魚塘。

　　　　下雨滿街泥，風來刺鼻「香」。

這次回津，逗留一周，三十日即返宣化。時間雖短，卻聽到林副統帥在九月十三日叛逃的特大新聞。林是在《黨章》裏鐵板釘釘寫定了的接班人，怎麼會有這事呢？我帶著懷疑回到了宣化。

　　十二月二日，奉命看場，與數學系王仰賢、李景藩等日夜輪流倒換，直到翌年二月四日。

　　同月有一天（已經不詳具體日期）在大飯廳召集全校師生員工大會，凡是被懷疑有問題的人都不准參加。也是湊巧，我無意從飯廳一側路過，遠遠望見大飯廳門窗緊閉，四周崗哨林立，如臨大敵。後來才知是傳達林彪叛逃的事。豈不知我早已耳熟能詳了。

一九七二年　五十二歲

　　二月四日至十日，參加學習林彪的問題，說《五七一工程紀要》是林彪反毛澤東的綱領性文件。文件中以 B52 轟炸機作為毛的代號。林彪在文件中以「今日一小撮，明日一小撮，加起來就是一大片。」來指責毛無端擴大打擊面。還提出「誰說真話誰倒黴」，來指責毛的獨斷專行，只許人讚揚，不許人批評。因而號召人們打著紅旗反紅旗。對毛的這種指責，給當時人們的心裏留下深刻印象，欲忘不能。參加學習的都很奇怪：林彪是副統帥，是國家第二號人物，是最高統帥依靠的槍桿子，並立為接班人，牢牢寫在《黨章》裏的，怎麼會反毛呢？在學習過程中，為消除群眾懷疑，最後又拋出個補充材料，說毛早在致江青的信中，就看出林彪不是好東西。既然如此，為什麼還立他為接班人，這不是拿十二億中國人民的命運開玩笑嗎？還有林彪究竟是怎麼死的，傳聞不一，始終是筆糊塗賬。

　　三月四日上午，把我從院部調到物理系，下午就去物理系工廠接頭。三月六日上班，在王旭東、吳哲的帶領下，做一名鈑金工。

　　三月二十四日，又從工廠調到物理系系部，把我當勤雜工使用，早晨要掃樓道，白天要打雜草餵養小白兔等等，我雖是兢兢業業，按要求完成勞動

任務，對我還是橫挑鼻子豎挑眼，得不到好聲氣。有一次打草打到化學系地面，曾當過副院長的亡西（當時也淪爲被整的對象）竟也來申斥我，說我拔了他們社會主義的草。難道道路牆角的雜草也有階級性和宗主權嗎？他說這種話，眞是淺薄，幼稚，可笑，可悲！事後憤而成詩一首，題爲《我本不是勤雜工》，詩云：

> 我本不是勤雜工，樣樣活計都得懂；
> 那裡緊張缺人手，就拿我去打補丁。
> 我本不是勤雜工，年邁力衰又多病；
> 誰也不管這一套，都逼著我去賣命。
> 我本不是勤雜工，吃穿比人低三等；
> 幹起活來加對成，還嫌惜力直挨噌。
> 我本不是勤雜工，誰來拉夫都得應；
> 呼之則來揮之去，連聲大氣不敢哼。
> 我本不是勤雜工，級別列在最下等；
> 小將挑刺不消說，可笑還有亡西桶。

五月二十三日，又開始給我辦學習班，前後共九次，還是逼我交代問題。

暑假沒準我回家，叫長子王紅來宣化，陪我住兩個星期，八月八日，令其返津。同日，向領導交上系統的歷史材料。

九月十八日夜，物理系召開批鬥會整我，會上群魔亂吼，脅從者也隨聲附和，打著邊鼓，聽來都是胡侃，驢唇不對馬嘴，眞是幼稚可笑。

十一月二日上午九時，由小爬蟲郭悅山傳達，叫我到工宣隊范指揮部那裡，俄而，索師夫又令我去他宿舍談我的問題。實際有些問題，還沒有澄清，不能算落實，索師夫就倉促地叫我在材料上簽字，但他並沒有叫我看材料的內容，就一邊手捂住材料，只留下簽字的空白處，一邊說：「反正是人民內部矛盾麼。」就這樣糊裏糊塗地簽了字。於是在當日下午的大會上，就以此爲據，當眾宣佈我的問題爲敵我矛盾，按人民內部矛盾處理。這種前後不一致的矛盾說法，我聽後大爲詫異，這才醒悟過來，我受了欺騙。自此以後，屢次向領導請求覆查。就在同月十二日，我又致書河北省領導劉子厚。十二月五日又遞申訴材料給本院的黨委書記杜長天。

一九七三年　五十三歲

三月六日上午六點，又親自遞交申訴材料，給接替杜長天的院書記趙春。

六月二十八日午後，又親自遞交申訴材料給院黨委常委，物理系第一把手魯哲。

七月十日，幹部科劉香叫我去文史村傳達室工作。這次調動，據魯哲說，這是物理系向院部反映的，因爲物理系資料室不需要兩個人（原有王從俊主持）。在物理系資料室期間，我體會到革命群眾也不都是爲虎作倀的壞蛋，王從俊就堅持實事求是的原則，多方維護過我。

七月十四日，正式到文史村傳達室上班，負責上下課按電鈴的工作，直到二十三日。

七月二十五日到中文系報導。這是我離開中文系十六年後，滿載著風霜又回到了中文系。這次回來，被分配到資料室，由吳翠榮領導。這天正值放暑假，於當日我便回到了天津。

八月十六日，我因不適，靜竹陪我回到宣化。十七日我開始到資料室上班，靜竹病倒在宣化，住了一個多月，健康逐漸恢復，於十月一日返津。

九月二日，我在廁所與魯哲不期而遇，又向他提及歷史覆查問題。

十一月十七日上午，爲覆查歷史問題，我找到原黨委辦公室主任張守國。張說：「你的問題，歸落實政策辦公室。」我又去找落實政策辦公室負責人高揚，高說：「你的問題應由物理系管。」於是我又去物理系找康潔仁，康說：「你的事，由中文系或政治處解決。」接著又說：「再不，我和他們聯繫聯繫，你寫份材料吧。」於是我又寫了三份材料，於十一月二十一日交給了康潔仁。

十二月十八日上午，我去問康潔仁關於覆查的問題，他卻變了腔調說：「你的問題不是物理系搞的，你再到落實政策辦公室找高揚去問問，應該誰負責。」於是，我又兩次去找高揚，結果都吃了閉門羹，路遇黨委副書記高華臣，談及此事，高拉長了聲調說：「你的問題沒和我說過呀。」又說：「高揚說怎麼辦，我聽他的。」次日上午又兩次找高揚，又都不在，當日下午終於找見了。他卻說：「個人不能做主，得開會研究研究。」通過大量事實，他們在整人、大搞逼供信時，他們非常一致，也非常英勇，「當仁不讓」；出了偏差，要求他們覆查糾偏時，誰也不肯負責，互相推諉，把受害人當做操場上的足球，踢來踢去。因有感而作《囚歌》曰：

　　　　春風送暖遍九州，寄身塞外做楚囚。

　　　　破帽遮顏穿鬧市，垂頭喪氣守囹圄。

未敢翻案又一棒，當牛做馬仍照舊。

大搞逼供爭邀寵，糾偏誰也不出頭。

一九七四年　五十四歲

自回到中文系，我對於整人的人雖不抱幻想，但不管效果如何，該找還得找他們，把這作爲副業。重整旗鼓，堅持科研，才是我安身立命的大事。於是，我常一燈熒熒，夜闌不寐，奮發苦戰。我又從于家屯花十九元工料費，找人打了個小卡片櫃，使卡片各有所歸。別人見我搞科研這個勢頭，非同一般，便引起各種不同的反應：有個好心的朋友勸阻我說：「弄個右派還不夠你嗆的！還想當反革命嗎？」有的同事對我鑽研元曲語言，頗不以爲然，鄙夷地說：「你搞這個有啥用處，還不如寫批儒論法的文章。」有的人看不起我，在背後用懷疑的口氣說：「他能搞成嗎？」還有的冷言冷語，當面就諷刺挖苦我說：「喲！還想當專家、教授嗎？」只有被解放了的副院長朱星先生聽說我搞元曲，特地到我宿舍看我的卡片和卡片櫃，連連舉起大拇指，備加讚揚和鼓勵。我如何對待這些反應呢？總之一句話：贊不驕，貶不餒。一如既往，埋頭苦幹，決不動搖。就這樣，我的研究工作，越來越見成績。後來那些給我潑冷水，或小覷我的人，反頻來稱頌我，甚至有人提出，他也想參加進來，我皆既往不咎，以禮相待。但細思之，又覺得好笑。

這年上半年，中文系領導曾派我去張家口校對批儒評法的稿子，並賦予修改權。這說明對我的信任，內心略有幾分寬慰。但我沒有忘掉落實政策問題，於五月十日晚又找工宣隊在中文系的負責人張師傅，接著十九日，二十二日，二十四日，以連續作戰的方式，要向他們討個說法，他們也是照方抓藥，不是推，就是嚇唬，誣我要翻案。在當時我還以爲由宣化派到學校的工宣隊比通都大邑的，爲人樸實老誠，能給人辦點實事，誰想到，原來素質更低。有些工宣隊員，不是東家吃，就是西家喝。更有甚者，把河北師院由北京、涿縣等地買來供本校師生員工食用的蔬菜，憑藉他們可以整人的權勢挑好的帶回城裏自家食用。同時和師院某些人拉拉扯扯，關係極不正常，難怪師院出身好的女光棍堵著他們宿舍或辦公室門口揭發他們的醜行，大聲叫罵，而工宣隊竟龜縮在屋裏不敢出一言以覆。

下半年系領導又派我同七五級工農兵學員到下花園與中國人民解放軍一八一三部隊理論組合作選注王安石詩歌，在崇山峻嶺中，缺乏圖書資料的情

況下，經過幾個月的奮戰，完成了《王安石詩歌選注五十首》（初稿）。這只能算作草創，有待返校後補充和訂正。有詩爲證：

> 酷愛荊公詩矯健，回首已是三十年。
>
> 豈料今日來部隊，重理舊業著新篇。
>
> 夜以繼日奮全力，優勢互補鬥志堅。
>
> 只恨圖書資料少，有待提高返校園。

（《選注荊公詩有感》19474 年 12 月 29 日於下花園）

一九七五年　五十五歲

一月底，因病先從下花園返回宣化，隨即放假，到天津北郊區南王平高莊。

二月二十八日，通過王振容到天津總醫院檢查骨增生。通過透視，得知有五節脊椎骨黏連在一起。我持此報告單於開學後呈給中文系總支書記趙俊容看，巴不得他叫我滾蛋。

於是我又聽命折返天津，在高莊大隊和家人團圓了半年。這半年我忍受著時時隱隱作痛的骨質增生病，掙扎著振作精神，抓住這個千載一時的療養機會，系統地整理我的卡片。同時偶有所感，寫些抒情作品。拙作《這是一座新建的大樓》即產生於此時，詩曰：

> 這是一座新建的大樓，
>
> 粉飾得非常富麗堂皇；
>
> 房主自誇是千古不朽的傑作，
>
> 奴僕們也高喊天下無雙。
>
> 但這只能欺騙聾子和瞎子，
>
> 再傻的人也不會受騙上當；
>
> 因爲樓基、四壁，顯然已經塌陷、裂縫，
>
> 門窗傾斜，搖搖晃晃。
>
> 入內看那畫梁雕棟，
>
> 已被蟲蛀得遍體鱗傷；
>
> 即使有鮮豔奪目的油彩，
>
> 也掩飾不住行將傾覆的下場。

這到底是什麼原因呢？

都竊竊私議，不敢聲張；

有的看客剛要建議重新維修，

卻早落得一身棒瘡。

從此再也沒人講話，

只是時時從院內傳出稀落的頌揚；

大樓的命運眼看就要崩頹，

主人還悠哉遊哉面壁欣賞。

暑假後開學返校，校醫張大夫叫我半日工作，於是我每日上午烤電，下午休息，這樣一直堅持到學期終了。趙俊容鑒於這種情況，未免太便宜了我，便勒令我到校醫室開個證明，索性打發我回家全休去了。這樣，可憐的五十六元工資，再打八折、扣寄費，也就只拿四十二元多一點。不過，也正中下懷，藉此機會我可以大幹一場。

一九七六年　五十六歲

一月七日，我由宣化回到天津，住在朱大娘（朱以書教授的老伴）家。八日一清早就聽見廣播說周總理去世了。當日，我懷著沉痛的心情回到高莊。見到家人，滿腔滿腹的話，一時間也傾訴不盡。如何互相配合搞元曲的計劃，也顧不得和靜竹說，只惦記著總理走後的事。通過電視，我看到總理出殯那天，北京長安街兩旁自動送殯的群眾，人山人海，胸插小白花，泣不成聲。那種發自肺腑，催人淚下的場面，我還從未見過。據說聯合國也下了半旗致哀。

不吉利的消息，接踵而至，七月九日，朱總司令逝世的噩耗，也突然傳來，聞之震驚。朱總司令雖較年長，但健康頗佳，據說不久以前，還在公開場合露面，怎麼一下子就歸天了呢？議者惑焉。小民不詳內幕，無權發言，只深深悼念這位智勇雙全、德高望重的眞正為革命的老革命家。共產黨的高級領導不止一位，但我最先知道的就是朱總。

七月二十八日夜三點，沉睡中忽覺房動床搖，本能地跳出戶外，大地也在顫動，身體左右傾側，站立不住，意識到這是地震了。說時遲，那時快，這時院子和街上的人逐漸多了起來，驚恐之中，不知所從。翌日晨不斷傳來消息，得知震中在唐山，波及天津，天津房倒樓塌，人被壓死的亦不計其數。兩個兒子上午都從幾十里外的工廠跑回家來，看到我和他媽都還活著，非常

高興。當時這種互相探視親朋好友的情況，家家如此。平安無事者，彼此相慶；遇險遭難者，號泣不止。餘震不止，大難未已。從此以後，在一個相當長時間內，再也不敢在屋裏就寢，也不敢在屋裏專心致志地搞元曲。乃積極備料，打造臨建，戶外設宿，直至嚴冬到來。

　　九月九日上午，有人興沖沖來說，下午有重要廣播，同時伸伸腿，做個鬼臉，不知主啥意思。後又有人傳說是毛澤東死了。毛是國家頭號領導人，儀式自然相當隆重，高莊設靈堂致祭，一批批來弔唁的婦女們，未進靈堂前還歡天喜地，一進靈堂就嚎啕大哭起來。仔細觀察，又不見有淚痕，出了靈堂，又有說有笑，和來時一樣。不詳這是什麼禮儀。又聽說有個病休在家的工人，因他沒聽到毛逝世的廣播，在家又喝酒，又吃麵條，結果被揪回工廠，狠狠批鬥一番。何以如此，我也不理解，也無意去打聽。

　　十月六日，篡黨奪權的「四人幫（王、張、江、姚）」終於被揪出來了，大快人心，奔走相告。揪「四人幫」，絕非易事，毛在生前就曾說：「『四人幫』的問題要解決，上半年解決不了，下半年解決。今年解決不了，明年解決。」要是明年解決不了呢？他沒有再往下說。想不到毛逝世不足一個月，就快刀斬亂麻，一下子都給解決了。看來解決「四人幫」絕非難事。為何以前如此難解決呢？

一九七七年　　五十七歲

　　揪出「四人幫」就意味著「十年浩劫」的結束，五湖四海，舉國歡騰。當是時，一片生機，百廢待興。久蟄的出版社也應運活躍起來。於是我加緊整理資料，在一九七六年初步整理的基礎上，進行再整理，並寫出《元曲釋詞》的目錄和部分初稿。在這時，我的科研工作，確實是從水底下浮上水面來了。因此也引起鄉下不識時務的地頭蛇注意到我的行動，詭秘地在探聽我的秘密，好像要從中撈點什麼。可在北京的顧學頡先生此時卻積極在為拙稿謀劃出路。

　　九月間，靜竹從高莊調回四十八中，我亦隨之返城，滿懷信心，為撰稿繼續拼搏。但返校之初，四十八中還沒正式分房，只得在臨時搭建的草棚子裏湊合。無間冬夏，秉筆直書。夏不遮雨，輾轉游擊；冬不避風，擁被奮戰。當時滿心憧憬的是翻身和希望，不知苦也。

　　十二月一日，顧學頡（以下簡稱顧）先生給我的信上說：「關於出版的問

題，現在已比較有把握，中華口頭接洽好了，其他單位（上海）等與我聯繫約稿時，我已分別向他們講了這部稿子。」這信給我的鼓勵很大，由衷感謝顧先生給我的無私幫助。

一九七八年　五十八歲

一月三日，顧給我的信又說：「關於本書的出版問題，以前中華書局曾談過幾次，並說可先供部分稿紙。後來文學出版社把目錄和那篇《舉例》要去看了，他們決定要這部書稿，由他們出版。」顧先生對我們書稿的出版，如此積極、賣勁，我只有把書寫好，以不負顧先生的期望。待出版社確定出版以後，在我往返天津、宣化途中路過北京到顧家時，顧忽然對我說：「出版社的意見，讓我（顧自指）掛名，以利出版。」同時又說：「關於你愛人的作者身份，可以在序言中交代清楚。」我乍一聽，不禁愕然，但念他一向關懷和熱心幫助，又爲了急於出書，迫於沒有辦法，只好答應。但我當時尚未料及此舉的後面，還有其他不可告人的目的。我回到家，把署名問題告知靜竹，她頗不以爲然。經我再三說服，也就只好如此了。從此王學奇、王靜竹所著《元曲釋詞》，一變而爲顧學頡、王學奇的《元曲釋詞》。沒有動手的顧學頡，搖身一變成爲第一作者，主要作者王學奇降到第二位，另一位眞正的作者王靜竹則被掃地出門。即使如此，我仍把撰寫和出版這部書，作爲我們終身的事業。至於誰署第一名，我當時還不是十分在意。

三月二十七日，語言學大師、國語文法的創始人、北師大部聘教授、科學院學部委員、我的業師黎錦熙（劭西）先生逝世，享年八十九歲。黎師在在世時對我關愛備至。當我參軍時，有消息要到昆明，黎師就給西南聯大朱自清教授寫信，叫我帶上，如遇到困難，可去找他；當我失業時，黎師就介紹我到東北工學院任職；當我開始搞元曲語言時，黎師就介紹我去科學院查找原中國大詞典編纂處移交過去的有關宋元戲曲的詞彙卡片；據說，他還推薦我去參加《漢語大辭典》的編纂工作。如此等等，一言難盡。恩師的逝世，對我前途的發展，確實是極大的不利。

同年春，爲落實政策，我在天津曾給系總支書記彭建之和院部落實政策辦公室申殿華去信，要求覆查歷史。從五月到十一月間，又接連給系總支、院黨委去信，表示我的要求。但均如石沉大海，沒有回音。最後我只得帶病於百忙中去宣化了。一直看到燒毀了黑材料，才對此問題告一段落。

　　九月，得高考通知，我兒子王紅、王藍分別考取了哈爾濱電工學院和天津財經學院，這標誌著全家的希望，自然皆大歡喜。

　　十二月四日，從宣化到北京，通過聯繫，住進人民文學出版社招待所，一直到一九七九年一月底約兩個月的光景，天天到首都圖書館或北京圖書館查閱臺灣的《中文大辭典》和日本的《漢和大辭典》，搜尋《元曲釋詞》中遺漏的詞語及其他有關資料。每天都是早出晚歸，兢兢業業，不遺餘力。當此期間，適值十一屆三中全會在京召開（十二月十八日至二十二日）。這個會議意義重大，它是一個開創新時代的大會，撥亂反正的大會，清算兩個「凡是」的大會，給人民生活帶來復蘇的大會。具體到我個人身上，如果不清算兩個「凡是」，「摘帽右派」的頭銜，恐怕一直頂到火葬場去。

一九七九年　五十九歲

　　三月八日，系總支委員杭修彥來信說決定撤銷一九七二年工宣隊給我所作的錯誤的歷史結論，同年十二月九日，院部落實政策辦公室，來信向我宣佈同樣的決定。

　　同月二十八日，關於錯劃右派改正問題，系總支下達我一份文字材料，題爲《關於王學奇同志右派問題的改正結論》，文曰：

> 根據中共中央（1978）55 號文件精神，我們對王學奇同志問題，進行了覆查，經群眾討論，黨總支研究，認爲王學奇同志，被錯劃爲右派分子，應予改正，恢復其政治名譽和講師職稱及七級講師的工資待遇。工資從 1978 年 10 月起開始計發。

但從 1958 年 5 月起至 1978 年 9 月，22 年零 5 個月的應補工資，卻無下文。細思落實政策雖不徹底，畢竟在政治上給我平了反，一洗幾十年的不白之冤，也就心滿意足了。

　　隨著《元曲釋詞》編撰工作接近完成，科研的主戰場，於當年便轉到了《關漢卿全集校注》，我和吳振清、王靜竹三人緊密配合，完成初稿，以後我又不斷去石家莊補充、加工、潤色，改易多次。

一九八〇年　六十歲

　　本年應上海古籍出版社之邀，在一九六三年《古文觀止》注釋的基礎上，按當時要求，再進一步改寫、提高。爲忙活要出版這部書，幾次都謝絕了南

開大學王達津教授請我給研究生講課的盛情。

　　一月，好友劉世儒去世。生前任北京師院教授，他對語法甚有研究，跟黎師合著的有《中國語法教材》、《漢語語法教材》數巨冊，他自己還著有《魏晉南北朝量詞研究》等。年甫逾半百，精力還壯，正是大量出成果之時，溘然長逝，悲夫！朱星先生《挽劉世儒教授》詩云：「人生五十不爲夭，著述琳琅足自豪。命薄江郎才未盡，憂多盛子氣難消。」信哉斯言！

　　暑期，徐州師範學院教授廖序東先生來津向我建議：《元曲釋詞》內容如此豐富，你應對其中特別感興趣的問題，進行歸納、分析，寫成論文，和《元曲釋詞》相輔而行，以收相得益彰之效。否則，材料被別人利用，豈不可惜！我接受了這寶貴的意見，從一九八一年起，便源源不斷寫出有關如何治元曲語言的論文，贏得海內外學術界的重視和好評。

　　十月，我到宣化，恢復上班，以爲來年給七八級學生講課做準備。事前，顧學頡先生曾表示不同意我這樣做，希望我幫助他搞《白居易詩編年考證》，並聲明出版不署我的名，我沒有答應。

　　入冬，我代表九三學社河北省分社到北京參加九三學社中央召開的爲「四化」服務經驗交流會。在會上我作了題爲《衝破阻力、百折不撓，爲繼承發揚元曲藝術奮戰了二十年》的發言。此發言發表在來年春出版的「九三學社」中央機關刊物《紅專》上。

一九八一年　六十一歲

　　十月，去宣化上課，講授元散曲及《牡丹亭》、《長生殿》、《桃花扇》。課餘與好友張永欽談治學問題，一致認爲：爲適應新時期的需要，準備校注臧晉叔編選的《元曲選》，並草擬了一個簡單的計劃。只因我和靜竹、振清還忙於修改《關漢卿全集校注》，特別是我和靜竹也未完全結束《元曲釋詞》的掃尾工作，對《元曲選》的校注，一時尙難全面鋪開。

　　《元曲釋詞》從 1977 年到 1981 年期間，稿子都由人民文學出版社彌松頤同志審讀。顧先生卻於 1981 年、1982 年之間，悄悄地把稿子轉移到中國社會科學出版社。初時我還不甚理解其用意，後來顧對我說：「文學出版不及時。」此時我已明白這是藉詞，實際是因爲我在人民文學出版社住過兩個月，和編輯同志混得較熟，責編對這部分稿子的寫作眞相比較清楚，修改稿子的任務也直接交給了我，顧不便做手腳，因而引起他的不滿。自把稿子轉

到社會科學出版社以後，便使我和出版社處於隔離狀態，一切都由顧轉手。
責編對稿子提出的意見也由顧轉來，待我和靜竹查補了，由顧先生謄錄一
遍，再轉給出版社。除此別無所知，我們完全被蒙在鼓中。但九虛難掩一實，
通過一系列事實，顧先生熱情支持我寫作，積極幫助我們出版的動機，便昭
然若揭了。

　　本年發表的文章，除在九三學社中央機關刊物《紅專》上發表的以外，
還有兩篇：一是《釋「顛不剌」》（見《河北師院學報》1981 年第 4 期）；二是
《「波浪」、「儱賴」、「舌剌剌」詞義發微》（見《中國語文通訊》1981 年第 6 期）。
文章發表後，都贏得語言學界的好評。

一九八二年　六十二歲

　　九月十九日，自四十八中（河北區王串場 1 號路）遷居到建北里（河北
區育紅路建北里 10 號樓 1 門 105 號）。在這裡一住就是十六年多。

　　九月底，兩個兒子同時大學畢業，王紅分配到天津塑膠線廠，王欣分配
到天津市化學工業管理局，這不僅標誌著他們已經完成系統的教育，事業上
有個新的開端，同時也緩解了家庭經濟。

　　十二月，河北師院中文系領導派我到河北省定興師範學校，指導七九屆
學生實習。在這裡認識了剛從師院畢業分配來的音樂教師王保華。因為是師
生關係，相處倍感融洽，而且成了忘年交，以後一直過從較密。

　　同月二十六日，定興師範出車，載我們到易縣永寧山遊覽西陵（清朝的
皇陵）——泰陵（雍正）、昌陵（嘉慶）、恭陵（道光）、崇陵（光緒）。每座
陵寢，都很輝煌，大開眼界。但不知他們睡在這裡，於夢境中如何回味和評
估他們生前的一切。

　　同月，在十年浩劫中共過患難的朱以書教授、朱星院長兼教授，先後辭
世，又少了兩個支持我事業的人，悲不自勝。

　　本年發表三篇文章：一是《詞尾「老」「道」「腦」在古典戲曲中的特殊
用法》（見《黃岡師專學報》1982 年第 2 期）、二是《目前元曲研究中存在的
問題》（見《河北師院學報》1982 年第 2 期）、三是《因聲求義是探索元曲詞
義的方向》（見《天津師大學報》1982 年第 5 期）。論者咸謂：《目前元曲研究
中存在的問題》一文，有理有據，切中要害。1984 年第 2 期《浙江師院學報》
載文指出：「（《目前元曲研究中存在的問題》）從分析研究前人研究中提出一

些問題，我認爲，值得進一步探討。」同一篇文章又指出：「有同志提出『因聲求義』在元曲研究中的運用問題，我認爲值得重視。」可見影響不小。後來這兩篇論文和《「波浪」、「僤賴」「舌剌剌」詞義發微》，同爲日本學者金丸邦三、曾根博隆編入《元明戲曲語釋拾遺》及其《續補》中，在日本廣爲流傳。

一九八三年　六十三歲

九月十三日，靜竹因胞兄王希甫病重去成都。十月三十一日下午三時，希甫兄終於不治逝世，享年七十歲。他是共產黨中少見的說老實話，做老實事、當老實人的「三老」幹部。十一月七日，靜竹由成都傳來噩耗，我懷著沉痛的心情，立即寫了唁函。全文如下：

> 里仁嫂：
>
> 　驚悉甫兄於十月三十一日逝世，我們甚爲悲痛。甫兄勤勤懇懇，全心全力爲黨、爲祖國、爲人民工作了幾十年，貢獻是無法估量的。最後甚至還把遺體捐給醫院，以供病理科學研究。這種好思想、好作風，永遠是我們做人的楷模。甫兄的肉體雖已離開了我們，但他崇高的品德、光輝的形象，將永遠留在我們心中。我們要在甫兄的革命精神的感召和鼓舞下，爲實現四個現代化而奮鬥，以告慰甫兄在天之靈。最後希望里仁嫂節哀，珍重健康，化悲痛爲力量。專此特致唁函，表示我們對甫兄的深切悼念及對里仁嫂的慰問。
>
> 　　　　　　　　　　　　　　　　　　　弟：學奇
> 　　　　　　　　　　　　　　　　　外甥：王紅、王藍
> 　　　　　　　　　　　　　　　　　1983 年 11 月 7 日

十一月十五日，乘坐 323 次車赴石家莊，去給學生講授元散曲和《牡丹亭》。十二月二十一日，有事返津。隔四天，於二十五日再度赴石家莊，補講《長生殿》和《桃花扇》。同時參加提職工作。當時，我和系裏的常林炎都有著作，又教齡較長，理應在這次提爲副教授，但系主任朱澤吉有意壓制我二人，把副教授名額留給他愛人和私交密友，把我二人排斥到副研究員系列，但上級沒有相應的機構負責批示副研問題，遂掛了起來。其結果系裏上報的

碩士研究生導師，朱因無著作，也沒有報成。這是朱澤吉以害人開始，以害己告終。

　　本年發表論文有三篇：一是《評王季思先生的〈西廂記〉注釋》（見《語文研究》1983年第1期），論者咸謂此文很有說服力，被國務院古籍整理出版規劃小組編入《古籍點校疑誤彙錄》一輯中。一九八七年王季思《集評校注西廂記》，頗多采用該文的觀點。二是《元曲以反語見義修辭論析》（見《修辭學習》1983年第3期），該文以觀點新穎，為同道所稱賞。它與《目前元曲研究中存在的問題》，皆被列入《中國語文》語言學論文選目。三是《解釋元曲詞義要注意三個方面的聯繫》，這是一篇有關元曲語言研究方法的論述，詳參寧宗一等《元雜劇研究概述》。

一九八四年　六十四歲

　　一月二十一日，滿懷提職稱受挫的憤懣，自石家莊到北京，同常林炎發泄一場，翌日便回到天津和家人團聚，準備歡度春節。

　　三月十八日，在天津我家召開《元曲選》校注工作會議。參加者有：王靜竹、竇永麗、吳振清、杜淑芬、張永欽、傅希堯、孫繼獻等。經過充分交換意見，約法三章，工作便從此蓬蓬勃勃地動了起來。消息傳出，有的人出於忌妒或其他不可告人的目的，詆毀我的班底太差，我卻很有信心，在我的《生產隊長之歌》中，明確地回答了他們：

　　　　不要笑我班底良莠不齊，
　　　　對校注的質量提出質疑；
　　　　你們那裡知道：只要有我在，
　　　　就能取長補短，填平補齊。
　　　　只想支付，不思索取，
　　　　便是鼓舞我敢於勝利的勇氣；
　　　　我要把我的夥伴都帶起來，
　　　　衝鋒陷陣，所向無敵。

三月二十六日，顧先生來信，說《元曲釋詞》快出版了。關於稿費分配問題顧表示：「此書你（指我）花了很長時間，費了很多勞力。」又說「我這個人對於錢財也看得不是那麼重，那麼要錢如命，何況現在老了，也用不著許多錢」云云。經我考慮，準備提出平分，靜竹不同意。我說：「你看顧

在信上對稿費問題，講得多麼仗義，咱們亦應以輕財重義的姿態回應，說不定他還要少取，表示謝絕咱們的慷慨呢！」就這樣我復了顧的信。萬想不到顧口不應心，不滿意二一添做五的分配法。不久，在五月二日他又給我一信：

> 他們（指社科責編）有事找你（指我）談，請你在本月九日或十五日以後的某天，到鼓樓西大街甲 158 號該社（即中國社會科學出版社）文編室找余（順堯）同志，到時他等著你。

五月十五日，我如約赴京於上午九時找到余順堯。余順堯開門見山，向我表示道：「顧對稿費的平分辦法不滿意。我（余自指）到顧家時，顧說材料是他的，體例也是他的，你（指我）只是抄抄而已。稿費應當四六分、三七分或二八分。」這意思就是說：他（指顧）拿大頭，我拿小頭，沒有王靜竹的份。我聽了大為詫異，反駁道：「我和我愛人二十多年歷盡艱辛挖掘來的材料，怎麼成了他的呢？體例也是我模仿朱啓鳳的《辭通》和張相的《詩詞曲語辭彙釋》，連《元曲釋詞》這個書名，也是我受《經傳釋詞》的啓發而定的。」邊說邊怒火上升。這時我已經完全認清顧學頡之所以堅決把書稿從「文學出版社」轉到「社科出版社」，並使我不和「社科出版社」責編接觸，其目的就是爲了掠奪我的書稿好做手腳，其用心何其黑也！余順堯見我氣色不對，還想再下說詞，我那裡屑聽，憤然離去，便上站買票返津。

六月十七日，我又給余順堯擲一函，通過書面，把《元曲釋詞》的寫作真相，原原本本重複一遍，並要求看序言或體例之類的文稿。但在出書之前，他們一直也沒給我看。爲什麼這樣呢？不問可知，其中必有鬼。

七月十九日，自《元曲釋詞》的真相大白之後，顧慌了手腳，便找常林炎從中斡旋。常是顧的學生，我的同學，在當時我認爲是信得過的朋友，很多是採納了他的意見。但這次給我出的主意，我拒絕了。我窺察到這裡面頗有些貓膩。事後寫詩兩首，戳穿其陰謀。

其一云：

> 一自大棒加我身，走投無路摳戲文。
> 好不容易寫本書，迎頭又遇劫路人。

其二云：

> 搶走版權還要錢，巧取豪奪手不閒。

當年情義今何在，枉給學界留笑談。

七月二十日，一早去南開大學，但沒找到夏傳才。於是又去張永欽家，就王藍和×××的戀愛問題，和永欽交換了意見。我認為聶春燕捲土重來，反映了她不願散夥的心理。

同日晚飯後去寧園看戲曲片《雙珠鳳》。此曲調聽來和越劇相近。

八月，完成《元曲釋詞》繁簡字對照表。

十一月四日，王紅與竇永麗結婚。竇永麗畢業於天津師範大學中文系，婚前即帶來過她隨手所寫的資料卡片讓我看，我非常高興，自謂「家庭元曲化」，後繼有人了。

十二月初，《元曲釋詞》第一冊出版。看到顧寫的「凡例」，果不出所料，他是這樣寫的：

> 在漫長的過程中，我們師徒兩人都經歷過不少的干擾、阻力和辛酸的歲月，受到主客觀條件的限制和影響，在毫無外力支持的艱苦情況下。寫成這部專著。

這短短幾句話，顯然說他是大工（主要作者），我是小工（輔助作者），而且不顧以前的承諾，完全排除了王靜竹這個真正的作者。再者，所謂「經歷過不少的干擾、阻力和辛酸歲月」是我和王靜竹，而不是他。他苦心經營的是《白居易詩編年考證》。對《元曲釋詞》來說，他是個地地道道的不勞而獲者，那裡有什麼辛酸歲月？這用顧自己的話就可以戳穿他的謊言。1973 年 10 月 4 日顧給我的信對他自己這樣說：

> 在北京期間，考證白集每首詩、事、人關係，有關資料，暫寫在書眉及字裏行間，蓋續前時之作也。自覺略有所得，如有條件，擬編成為《白居易詩編年考證》，約百餘萬字。以前所寫白氏八考（僅成大半），乃此書之副產物。然能否寫成，須看老天是否恩賜主客觀條件耳。

同一封信又對我說：

> 元曲語言，能有條件繼續下去，是可喜之事。你雖比我小些，但也年過半百，如果我們能堅持下去，各搞一套東西（指我搞元曲，他搞白居易），在學術上站得住，禁得住時間考驗，總算無忝此生，對得起社會，也對得起自己的一生。

在 1978 年 11 月 20 日顧給我的信又說：

　　我最近很忙，《白居易集》（指中華書局的校點本），已看過一部
分，還在看，分量較大（100多萬字），明年或可出書。

通過以上引證，不難看出，他的時間全用在白居易詩考證上了，那還有精
力搞元曲？顧所謂「在漫長的過程中……經歷過不少的干擾、阻力和辛酸
歲月」，實際是自欺欺人之談。他之所以撒下這彌天大謊，就是他有預謀、
有計劃、有步驟地要篡奪我們的著作權，並進而謀奪大部分稿費的鐵證。
其用心何其毒也！即使如此，我們仍本著團結的願望，盡力保護他的聲譽，
封鎖醜聞不使外揚，只要求他不食前言，補寫個「後記」，說明王靜竹的作
者身份，一切皆作罷論。但仍遭到他蠻橫拒絕。這與「打家劫舍」又有何
區別！

　　顧之所以不顧信義，一心想侵吞《元曲釋詞》，是在我們書稿中看出它的
價值。該書在出版前，於本年四月十日，《光明日報・文學遺產》就預告它「具
有相當高的學術水平和參考價值」。出版後，不脛而走，蜚聲國內外，受到普
遍重視和好評。一九八五年九月，國務院古籍整理出版規劃小組編輯的《古
籍整理出版情況簡報》總 146 期，說它是「集研究元曲語言之大成，爲目前
較爲理想的治曲工具書。」又說「它不僅是專治元曲的重要工具書，而且對
一般文學、史學和語言學等的研究也有較大的參考價值」。還說他在研究方法
上「避免一般辭書以同代作品做比較、歸納的求解法和單純義訓法的局限，
所以能燭幽啓微，理亂就順，糾前人之所失，發以往所未明，多具精到之處。」
日本著名漢學家井上泰山在評《元曲釋詞》（一）的文章上說：根據《元明戲
曲釋拾遺》及其《續補》，得知王學奇先生的《目前元曲研究中存在的問題》、
《因聲求義是探索元曲詞義的方向》、《「波浪」、「儇賴」「舌刺刺」詞義發微》
三篇論文後，「立即進行閱讀，每一篇都是饒有興趣的論文。特別是前兩篇，
表明了王氏元曲研究的基本態度，引人注目。我認爲王氏對元曲語彙的研究
方法，約可歸納爲以下三點：

　　一、凡是有關元曲的作品，都盡可能廣泛地搜集用例；二、改變歷來「以
曲證曲」的研究方法，主要從通時的角度進行研究；三、「因聲求義」，即對
詞義的認定和解釋，要以聲音爲重要標準。當然出於同一作者本書（指《元
曲釋詞》）也是上述三個方針編纂的了。」（見 1985 年 10 月《中國俗文學研
究》第 3 號）。這說明如何撰寫《元曲釋詞》是根據王學奇的理論指導，顧寫
的「凡例」中所謂「師徒」（大工、小工）的實質，不問可知了。

本年發表的論文有五篇：一是《應當重視元曲語言的研究》（見《信陽師院學報》1984 年第 1 期）；二是《關漢卿筆下的反面人物》（見《河北師院學報》1984 年第 2 期）；三是《論如何探索元曲的詞義》（見《河北師院學報》1984 年第 4 期）；四是《釋「彈」》（見《中國語文》1984 年第 5 期）；五是《元曲詞語例釋》（一）（見《河北學刊》1984 年第 6 期）。以上各文均有較好的反應。其中《論如何探索元曲的詞義》，是從多方面、多角度、比較詳細地論述如何探索元曲詞義的理論和方法，分析精闢，多所發明，曾引起學術界強烈的反響。詞學大師唐圭璋先生讀此文後，1985 年 2 月給我的信中寫道：「我拜讀《論如何探索元曲的詞義》，非常詳盡，獲益非淺，甚佩您多年的積學，多所發明。」

一九八五年　六十五歲

四月十日，正當河北社科聯評獎時，顧學頡假託其妻黎靖之名，編造謊言向河北師院黨委誣告於我，這信還是由常林炎親手帶交給黨委的。想不到在誣告信中硬說《元曲釋詞》主要是他搞的，貶抑我的水平，說我只是小學生程度，並進行人身攻擊，想借黨委之手，把我打倒在地，其目的無非是想要《元曲釋詞》的獎金。但因評獎不公，原評一等獎，後硬改二等獎，我已拒絕了，他自然也無計得逞。一計不成，又生一計，竟把誣告信複印出來，廣為宣傳，擴大影響。誰到他家，就展示給誰看。知情的人，無不非議，不但不同情他，反把這種行徑轉告於我，譏他不仁不義，風格太低。各地很多朋友出於正義感，也都支持我起訴，為我鳴不平。即使如此，我還是為保護顧的名譽，守口如瓶，也不願和他對簿公堂。但顧自己迫不及待地一再跳出來表演，我再為他保密也保不住了。

五月十六日，我校元曲研究室成立，委任我任研究室主任，主持工作。我的就職講話，題為《在河北師院中文系元曲研究室成立大會上的發言》，內容包括：（一）研究室成立的經過；（二）研究室成立的宗旨；（三）研究室的主要研究項目；（四）研究室組成人員老中青相結合的特點；（五）圖書資料的建設和目前亟待解決的困難。

六月四日，率研究室同志到河北省安國縣伍仁村關漢卿故鄉做調查，獲得一些第一手資料，算是工作開展的第一步。

1985 年研究室同志到河北安國縣伍仁村作調查

十一月十四日，到南京師範大學參加唐圭璋先生八十五歲華誕。唐先生為詞學大師，國內外朋友、弟子眾多。來此祝賀的濟濟一堂，儀式非常隆重和熱鬧。趁此機會，十八日與吳奔星（南師大教授）、李達強（廣州人民出版社編輯）同遊了靈谷塔、中山陵、明孝陵，開闊眼界不小。十九日，獨遊玄武湖。二十一日與李達強搭伴去上海。二十六日同夏傳才遊雨花臺。二十八日獨遊莫愁湖。以上景觀各有特點，令人賞心悅目，流連忘返。二十九日同張拱貴兄去江蘇古籍出版社，和黃希堅同志商議如何搞《全元雜劇》的問題。三十日返回石家莊。在南京期間，還結識了陳美琳和王季思。季思先生，雖大名鼎鼎，但虛懷若谷，平易近人，頗具學者風範。不似顧學頡先生處心積慮，侵吞學生的科研成果，以自鳴得意。

本年發表的論文有三篇：一是《論元雜劇的體制》（見《教學通訊》1985年 1-2 期）；二是《再評王季思先生的〈西廂記〉注釋》（見《天津教育學院學報》1985 年第 3 期，後被國務院古籍整理規劃小組編入《古籍點校疑誤彙錄》三輯）；三是《論元曲中的歇後語》（見《河北師院學報》1985 年第 4 期）。論歇後語這篇文章，是學界迄今為止第一篇對元曲中的歇後語的全面論述。議者謂它對歇後語的使用情況、規律、特點、形式、作用等條分縷析，頗見功力。

唐圭璋與王學奇（左）親切交談

一九八六年　六十六歲

　　四月十五日，乘學校小麵包車，與趙子連、許椿生、楊朝潢、蕭望卿、趙九興、常林炎、劉保亮等同遊趙縣趙州橋。途經河北栗城縣，據說這是蘇子由的故鄉。趙州橋，本名安濟橋，俗稱趙州橋，爲隋開皇年間十一年至十九年即公元 591 年至 595 年王春設計所建。唐中書令張嘉貞題有《趙州大石橋銘》，殘刻至今猶存。趙州橋是一座單孔弧形敞肩石拱橋，橫跨水，全長 50.82 米，寬 9 米，跨徑 37.2 米，矢高 7.23 米，是馳名中外的設計巧妙的橋梁建築。橋面還有傳說八仙之一的張果老倒騎著驢的腳印，在世界上享有盛名。

　　六月四日，廖序東教授帶研究生來津，與南開大學朱一玄教授聯袂造訪舍下，曾合影留念。

　　六月十三日，女兒王躍以心臟病去世，享年四十六歲。後來每逢忌日，心情沉重，若有所失。曾寫有《憶嬌兒寶玉》詩一首，抒發我老而喪女的悲哀：

　　　　我兒生來命運乖，短命死矣更可哀；

　　　　悠悠歲月伴孤魂，每逢忌日痛傷懷。

1986 年 6 月 4 日，廖序東教授帶研究生來津在舍下合影留念

十月七日，我和張月中由石家莊登車西上，途經太原市，夜十二點抵達臨汾，參加由山西師大召開的第二屆中國古典戲曲研討會。翌日乘汽車先到侯馬市參觀兩個金墓（西爲董海墓，東爲董明墓），以次又到稷山參觀青龍寺大殿壁畫及墓群，都反映出金元時代的戲曲盛況。是日晚就住在永濟縣招待所。九日上午參觀鶯鶯塔，據說西廂記故事，即發生於此。接著又觀看蒲州城（傳爲杜確將軍駐紮處）、十里鋪（傳說爲鶯鶯送別張生的十里長亭處），這些都與我在河北省伍仁村所聞所見的關於西廂故事大相徑庭。究竟是怎麼回事，幾句話也說不清楚，有待以後詳細考證。一心想多走走，多看看，就這樣最後登上黃河岸邊停泊的大船，仰觀對岸聳峙的高山，俯視腳下滾滾的黃流，又時值夕照，彩霞片片，變化萬千，眞可謂千載難遇之大觀也！在返回臨汾的路上，一路又參觀了許多各式各樣的戲臺及解州的關帝廟。十日又參觀了廣勝寺的壁畫，洪洞縣的大槐樹。據史載，在明洪武、永樂年間，往各處移民就都先集合在此樹下，再從此地出發到各地。我們家鄉（北京密雲）就傳說我的祖先是從山西洪洞縣大槐樹下移來的。今有機會來此，一睹大槐

樹的尊容，倍感親切。十一日上午聽罷大會發言，下午即登車北返，過太原又逛一逛遠近馳名的晉祠，便回石家莊了。這次的主要收穫是親眼目睹了許多古代戲曲文物，真是不虛此行！

十月十八日，院統戰部組織參觀，我又一次有機會參觀了正定大佛寺（隆興寺）和榮國府。大佛寺也有壁畫，多處剝落，模糊不清。我深感河北省對這些文物，遠不如山西保護得好。新仿造的《紅樓夢》中的榮國府，其規模和彩繪都很粗糙，場面也小，只是個具體而微的象徵而已。看了山西的文物，再看河北的，簡直是大巫見小巫，觀之掃興。但大佛寺裏的大佛，確是高大，耳朵眼裏可以站一個人。據說佛是銅鑄的，他的一隻胳膊，在日寇侵華時已用木頭給換掉，運到日本本土去了。真是掠奪無所不至，連這個銅佛也不放過。新賬舊賬一起算，我們永不會忘。

十一、十二月間，正教授職稱順利通過上報。通過的條件有二：一是享譽學術界的《元曲釋詞》前兩冊已經出版，又兼發表了不少膾炙人口的論文；二是壓制我和常林炎提職的朱澤吉已撒手人間。二者相較，對我來說，前者為主。

十二月一日，受聘於天津教育學院名譽教授兼元曲研究室主任。

本年發表的論文有四篇：一是《殺、煞、曒、傻在元曲中的用法及其源流》（見《河北師院學報》1986 年第 2 期）；二是《再釋「彈」》（見《信陽師院學報》1986 年第 2 期）；三是《讀王季思先生的〈詐妮子調風月〉寫定本說明》（見《天津師大學報》1986 年第 4 期）；四是《簡論元雜劇的衰落和傳奇的興起》（見《天津教育學院報》1986 年第 5 期）。以上各文，各有獨到之處，提出了個人研究的新見解，糾謬辨誤，多所發明，為議者所傾賞，特別是後兩篇。

一九八七年　六十七歲

一月十四日，省教委批准教授職稱。

三月十二日，在北京常林炎家就十五個研究生的考卷，擇優遴選，最後決定錄取霍現俊、吳秀華、陳萬欽。

四月二十三日，我元曲研究室在河北安國縣主持舉行了重修關漢卿墓碑揭幕儀式，中國社會科學院文研所研究員、著名戲劇家吳曉鈴、著名導演吳雪以及美國、捷克的關漢卿研究專家等國內外四十多位專家參加了這次活動。我作為元曲研究室主任，在會上也做了簡短的發言。當天各報、各電視臺都播發了消息，影響很大。

給研究生授課。左起陳萬欽、導師王學奇、霍現俊、吳秀華

吳曉鈴　王學奇　湯潤千　蕭望卿　常林炎

五月十六日，我元曲研究室在石家莊主持召開了河北省元曲研究會成立大會。省屬各大學中文系、省文聯、各地市戲劇研究室、社聯等單位代表參加了大會。大會通過了研究會章程和組織機構。河北師範學院教授、元曲研究專家王學奇任該研究會會長。著名學者吳曉鈴、郭漢城、吳小如、祝肇年、蕭望卿爲該研究會顧問。王學奇會長在會上作了就職演說，吳曉鈴先生在會上作了學術報告。與會者一致認爲：省元曲研究會的成立對河北省元曲的研究，無疑將起著帶頭和推動作用。

五月二十三日，爲鑒賞古文物，同常林炎、楊棟陪吳曉鈴先後再去趙州橋參觀。看橋之前，吳先生參觀了趙州城內一座金代建造的石塔，上面雕有佛像，保存尙完好，流連久之。

吳曉鈴與王學奇在研究戲曲發展問題

八月一日至五日，我元曲研究室聯合我院學報編輯部、河北成人教育編輯部在承德避暑山莊召開了「關漢卿、元曲學術討論會」。全國各地的專家、學者來參加討論會的共四十三人。會議一開始，先由我致開幕詞，接著大家就關漢卿的籍貫、經歷、生卒年代，思想性格、政治態度、藝術成就及其在文學史上的地位等問題，展開廣泛、深入的討論。同時交流信息和研究成果。會間、會後，還在避暑山莊各自盡興遊覽，攝影留念。避暑山莊是清朝康熙、

乾隆年間修建的離宮別苑，規模宏偉，氣象萬千，在建築風格上別具特色，形成山水建築渾然一體的園林藝術，馳名世界。

十二月十日，河北省職稱改革小組聘我爲高級藝術研究專業考覈組組長。實際在接聘前，於十一月三十日就被接到河北藝術研究所了。同去的熟人還有張祖彬和河北社科院的張永泉。藝術研究所的編劇、作家、演員，矛盾重重。評審他們的職稱，很是棘手。頭最不好剃的是任彥芳同志。

由於顧學頡對《元曲釋詞》著作權的掠奪和對我咄咄逼人的人身攻擊，使我忍無可忍，學術界許多朋友出於義憤，也一再支持我訴諸法律。於是從本年起，便開始和北京律師事務所的律師郝惠珍同志接觸，並開始廣泛取證，撰寫了顧學頡侵奪版權的公開信，廣爲散發，爭取學術界不明眞相者的理解和支持。

本年發表的論文有《關於元曲詞語的溯源問題》（見《河北師院學報》1987年第4期），這是一篇論及詞語溯源的專文，它對於詞語的來龍去脈作了詳細的分析。論者認爲：把一個詞從歷史各個階段的發展中去理解，是對詞義學研究的新貢獻。

一九八八年　六十八歲

從本年起，河北師院黨委舉薦我爲河北省第六屆政協委員，任期五年。

五月十五日，我在石家莊與靜竹隨同九三學社組織的旅遊車隊去龍泉寺一遊。此寺距離市區約有四十華里，寺內有井，井內有水，謂之龍泉。據說此水可以治胃病，飲之清涼可口。我沒帶碗，別人賜我一小杯，果如所說。又井旁有一龍爪槐，據說年歲已逾千年，比這座寺壽命還長。我和靜竹並肩倚樹合一影，以作紀念，也算不虛此行了。

十月十八日，在河北省安國縣舉辦關漢卿創作七百三十週年紀念大會和第三屆中國古代戲曲學術討論會一併舉行。是日上午舉行儀式，下午分組討論。十九日上午我因感冒退場，被送到安國縣醫院輸液。在我缺席的大會上，我被推舉爲中國關漢卿研究會會長。會未結束，二十日，吳振清便陪我返津了。

十一月，《關漢卿全集校注》，由河北教育出版社出版。該書是第一次對關漢卿現存作品全收全注的校注本。論者認爲「確是推陳出新，後來居上，標誌著關學史上的新成就。」又說通過本書，可以看出校注者「功底深厚，方法紮實，學風篤實」的治學精神以及「學術性與普遍性」統一的編撰意旨。

出版以後，影響深遠，爭購一空。一九八八年獲河北省新聞出版局一等獎，一九八九年獲第三屆全國圖書「金鑰匙」優勝獎，一九九三年入闈第一屆國家圖書獎，被列入建國以來優秀書目一八九種之中。

十二月《元曲釋詞》（三）出版。

年底，元曲研究室升格爲元曲研究所，我亦隨之升格，由主任改稱所長。

本年發表的論文有兩篇：一是《我寫作〈元曲釋詞〉的經過——答讀者問》，（見《渤海學刊》1988 年第 1 期）；二是《論關漢卿的散曲》（見《河北師院學報》1988 年第 3 期）。前文是回答廣大讀者我搞《元曲釋詞》的艱險歷程。後文是就關漢卿散曲的思想性、藝術性及其史料價值作了翔實的、精闢的分析，特別是對史料價值的論述，對於研究關漢卿的身世、經歷及技藝，很有參考價值。

一九八九年　六十九歲

一月十日，杭州大學中文系博導郭在貽教授辭世，享年五十歲，英年早逝，不勝痛惜。郭先生與我素昧平生，未曾謀面，不意於 1987 年 4 月首先接到他的大禮，全文如下：

> 學奇先生：
>
> 　　往讀大著《元曲釋詞》頗服其淵雅精微，故雖未謀面，而可謂神交已久。近在訓詁學年會期間，遇到貴同事某君，乃知先生在河北師院工作，茲特奉函聯繫，殆亦聲應氣求之意也，倘蒙賜覆，則幸何如之。
>
> 　　專此即頌撰安。
>
> 　　　　　　　　　　　　　　　　　　　　郭在貽
> 　　　　　　　　　　　　　　　　　一九八七年四月十二日

「嚶其鳴矣，求其友聲」，我正喜遇治學知音，有所動作，不期接信後兩年未滿，郭先生即告永別，悲夫！

同月十五日，次子王藍與楊青紅結婚。儀式從簡，只在華夏飯店擺了三桌。兩人皆畢業於天津財經學院，同學又同行，共同語多，有利事業的發展，我深爲他們的前途高興。

二、三月間，通過律師郝惠珍、劉子厚的調解，對顧學頡的鬥爭有一定

的進展，即（一）顧承認《元曲釋詞》主要是我寫的；（二）顧同意重新分配稿酬；（三）承認王靜竹的勞動，但不承認她是作者。這個結果距事實和我們的要求還很遠。律師建議我們到「北京市版權處」申請仲裁，這樣帶有一定權威性和強制性。兩年來，為此事耽誤我不少時間，影響我的寫作。於是決定和顧鬥爭的同時，開始撰寫《宋金元明清曲辭通釋》，以達到「撰書」不忘「起訴」，「起訴」不忘「撰書」兩者兼顧的目的。

八月六日，孫女王雪螢降生。

本年發表的論文有五篇：一是《元曲詞語釋例》㈡（見《河北師院學報》1989 年第 2 期）；二是《關漢卿的修辭藝術》（見《河北學刊》1989 年第 3 期）；三是《〈救風塵〉中幾個詞語的商榷》（見《關漢卿研究新論》花山文藝出版社 1989 年 8 月出版）；四是《釋「臉」》（見《天津教育學院學報》1989 年第 3 期）；五是《關漢卿小令〈別情〉賞析》（見《河北語文報》第 21 期，1989 年 10 月出版）。以上《釋例》、《商榷》、《釋「臉」》三文，通過文獻資料，對詞語的解釋，都有嶄新的創見，為識者所稱讚。

一九九〇年　七十歲

二月八日，河北師院元曲研究所在石家莊市國際大廈召開了海峽兩岸元曲研討會。在會上我作了題為《在首屆海岸兩岸元曲研討會開幕式上的發言》。從此結識臺灣學者魏子雲，以後除互相交換科研成果，在治學上也經常書來信往，交換意見。

三月，《關漢卿全集校注》重印。

四月十一日，接律師郝惠珍信，說申請仲裁，由於整個案件爭議時間較長，「北京版權處」不予受理，這樣只好上法院了。但上法院，我們的時間更陪不起。經我和靜竹再三考慮的結果：寫書和打官司二者不可得兼。怎麼辦呢？《孟子・告子上》告訴我們：「魚，我所欲也，熊掌，亦我所欲也，二者不可得兼，舍魚而取熊掌者也。」我們也只好先饒了顧某，捨「打官司」而取「寫書」也。我想書寫好，也是一種鬥爭形式，也可能是最好的鬥爭形式。

八月二日，伊拉克悍然入侵科威特，妄圖稱霸中東，整個世界為之震驚，紛紛要求薩達姆撤兵，他硬是不撤。我激於義憤，寫詩一首，題為《以牙還牙》，揭露其暴行和野心，並表示不能抱和解的幻想。詩云：

東西趨緩和，全球唱讚歌；

不料伊拉克，出個希特勒。

突派侵略軍，吞併科威特；

心貪蛇吞象，還要打沙特。

爲建奧斯曼，稱霸阿剌伯；

整個伊斯蘭，災難日已迫。

和解已無望，徒然費口舌；

只有靠大炮，給他點顏色。

十月，《元曲釋詞》（四）出版，至此本書全四冊出齊。

十一月二十八日，詞學大師、著名學者、南京師大博士生導師、國務院古籍整理規劃小組顧問、我的良師益友唐圭璋先生逝世，享年九十歲。圭璋先生生前與我過從甚密，在治學上得益於他之處頗多。他逝世後，友情難斷，仍然與他的女兒唐棣棣經常保持著聯繫。

年底，把《〈元曲選〉校注》全稿交給河北教育出版社。在該稿交出之前，幾部稿子是穿插進行的。交稿以後，我就一心撲在《宋金元明清曲辭通釋》（以下簡稱《通釋》）的資料收集和寫作上。一天，我把撰寫《通釋》的計劃和準備工作向語文出版社社長兼總編輯李行健先生透露出來。

李行健（1989 年 4 月 1 日攝於日本東京一橋大學）

李先生早就知拙作《元曲釋詞》被掠奪的情況，便一口承諾：你寫吧，由這給你出。得到這個支持，我便利用我過去積累的資料，去粗取精，反覆篩選，經過十年日夜苦戰完成初稿，又經過編審馮瑞生先生大手筆潤色，最終獲得國家辭書類一等獎，使我聲名大振，牢牢確立了我此生此世的學術地位。飲水思源，如果當初我得不到李行健先生的支持，我何以能穎脫而出？此恩此德我無法報答，只有永記在心而已。在治曲上，我和靜竹配合得很好，天天從早忙到晚，不知累爲何物。後來用《如夢令》詞牌填詞兩首，一題爲《製卡片》：

> 天天誰來伴我？靜竹和我兩個。
>
> 忙到掌燈時，卡片又是一摞。
>
> 如何？如何？定額已經突破。

二題爲《補子目》：

> 精心撰寫詞條，旁微博引資料。
>
> 正苦缺子目，靜竹給我找到，
>
> Ok！Ok！拇指舉得天高。

本年發表的論文有兩篇：一是《釋「賽娘」、「僧住」兼談元劇中人物用名問題》（見《河北師院學報》1990 年第 2 期）；二是《關漢卿大德歌〈春、夏、秋、冬〉賞析》（見《元曲鑒賞詞典》上海辭書出版社 1990 年 7 月出版）。前文釋「賽娘」、「僧住」很有新意。此外，在本年《河北師院學報》第 4 期，還發有紀念先師黎錦熙先生誕辰一百週年的文章。

一九九一年　七十一歲

一月十七日，伊拉克卒食侵略惡果，遭到美國領導的聯軍攻擊，科威特在一個月內獲得解放。史稱「海灣戰爭」。從此伊拉克受到聯合國制裁，而薩達姆又不就範，形成制裁反制裁的局面，後遺症接連發生。

四月十八日至二十五日，參加河北省政協六屆第四次會議。

六月十五日，應邀到北京師範大學參加元代文學研討會，寫有論文《關漢卿生卒年的再認識》。

本年發表的論文有四篇：一是《〈元曲選校注〉前言》（見《河北師院學報》1991 年第 2 期）；二是《「老」、「道」、「腦」語助初探》（見《天津教育學院學報》1991 年第 3 期）；三是《釋「不剌」——對張相〈彙釋〉的一則補正》（見《渤海學刊》1991 年 3.4 合刊）；四是《關漢卿生卒年的再認識》（見《北京師

大學報》1991 年增刊）。以上各文，均有所建樹。在《〈元曲選校注〉前言》中，對於校注古籍的準則，提出了穩妥周密的意見，還分析了校、注結合的優越性，在注釋方面，還提出應重視普及與提高。《「老」、「道」、「腦」語助初探》是一九八二年《詞尾「老」、「道」、「腦」在古典戲曲中的特殊用法》一文的進一步概括和提高，系統、翔實地闡明這些語助詞的功用，這還是第一次。此外在本年《天津師大學報》第 6 期，還發表了爲李申教授寫的《金瓶梅方言俗語》序。在本年《河北師院學報》第 4 期，還發表了紀念唐圭璋先生逝世一週年的文章。

一九九二年　七十二歲

三月初，在石家莊參加省政協第五次會議，因患感冒，中途返校，受到占根、國存、慶昌夫婦的熱情照顧。

十月十九日，到北京語文出版社參加語言學家朱星先生逝世十週年紀念會。參加的多是朱星先生生前好友和得意門生。會後我寫一篇紀念文章，題爲《深切緬懷著名語言學家、教育家朱星先生》，收在《朱星先生紀念文集》中。朱星先生是個大好人，知識面很寬，著作主要是語言方面的，亦兼及文學和哲學。樂於助人，對我搞元曲，就很支持。

十一月五日，赴山東曲阜參加孔尚任學術研討會。六日、七日舉行開幕儀式及大小會發言。會後於八日參觀孔廟、孔府和孔林。到孔林，見古木參天，一望無邊，氣象森然。孔子墓旁，尙有子貢廬墓遺址。孔尚任墓前，有碑一座，巍峨聳立，憑弔者甚眾。因想見他們對社會文化和哲學、政治、教育和戲劇的卓越貢獻，不由肅然起敬。入孔廟，據說過去石碑甚多，可惜在文革期間被紅衛兵破壞了，特別是被拉倒的泥塑佛像腹中所藏宋版書，也被視爲「四舊」，付之一炬，聽之，嗟歎良久。入孔府不及細觀，只和江西師大教授姚品文合影，作一紀念耳。曲阜城內，顏回巷、顏子廟，皆因時間緊迫，未及瞻仰。九日晚返津。途中在兗州車站候車時，和南京大學教授吳新雷就我院元曲研究所的前途和接班人問題交換了意見。

本年發表的論文有三篇：一是《全元雜劇校注發凡》（見《渤海學刊》1992年第 1 期）；二是《論元曲中「頂針格」修辭法》（見《河北學刊》1992 年，第 2 期）；三是《元曲詞語釋例》㈢（見《徐州師院學報》1992 年第 3 期）。其中論「頂針格」修辭法是迄今爲止的對「頂針格」的研究最全面、最深入的探討，突破了以往修辭學家在這方面的貢獻，爲論者所激賞。

一九九三年　七十三歲

五月十四日，隨張月中乘車去抱犢寨參觀。此地位於河北石家莊鹿泉市西郊，距省會三十二華里，是一處集歷史、人文和自然風光於一體的名山古寨。它東臨華北平原，西接太行群峰，層巒聳翠，四周均是懸崖峭壁。古代兵家倚以爲自然屏障。易守難攻，有「一夫當關、萬夫莫開」之險。今已辟爲旅遊勝地，人人皆可得而觀賞矣。當日我們是從纜車上去的，當纜車在高空沿鋼絲向前滑動時，俯視眾山麓，萬丈深谷，好不心驚肉跳。及爬到抱犢寨頂，看見有南天門、北天門、玉皇大帝、五百羅漢、牛郎織女鵲橋幽會，等等。眞是見所未見，如登仙界。還有模擬長城、韓信調兵遣將的中軍帳。我抓住了機遇也在將軍寶座上坐上一坐，從遊者分立兩旁，攝影留念。也權當過把癮耳。寨上可供觀賞的景點很多，我們只是走馬觀花而已。記憶多不詳，只有在觀看韓信調兵遣將的中軍寨時，流連久之，紛紛議論韓信生前因功被殺。回校後　，憤而成詩如下：

赫赫十大功，屈死未央宮；

早知此下場，何不依蒯通。(《哀韓信》)

六月退休，開始在天津要房子。

九月，爲山東社科院孔繁信先生《重揖杜善夫集》作序。

十月一日起，國務院開始發給政府特殊津貼，並頒發證書。證書上寫著「王學奇同志：爲表彰您爲發展我國高等教育事業作出的突出貢獻，特決定從九三年十月起發給政府特殊津貼並頒發證書。國務院一九九三年十月一日」

十一月，次子王欣提升爲天津市化工局財務處副處長，一九九六年一月十八日提升爲正處長，同年還解決了高級會計師的職稱問題。一九九八年又提升副總會計師，眞可謂一路順風矣！

十二月十四日，《關漢卿全集校注》入闈第一屆國家圖書獎，被列入建國以來 189 種優秀書目之中（見當日《光明日報》）。

一九九四年　七十四歲

六月十七日，乘車南下赴徐州，應邀參加李申先生的研究生畢業論文答辯會。十八日上午舉行。答辯委員會由王學奇、廖序東、李成蹊教授、古敬恒、楊亦鳴副教授五人組成，並推我主持。答辯順序，逐一進行，最後宣佈

投票結果及答辯委員會的決議書。

　　十九日上午，請我給徐州語言學會做報告，講「戲曲古籍整理及戲曲語言研究的主要成就」並附帶談一下我「對今後語言研究的展望」。講畢效果還好。據李申說：「幾位老先生反應：講得挺系統，娓娓道來，如數家珍。」語言學會會長張愛民說：「一口北京話，講的很清楚，聽眾都能接受。」參加會的一般聽眾說：「您的書我們都讀過了，今天又有機會在此見面，幸甚！幸甚！」云云。同日上午又乘車遊覽了雲龍湖、漢畫館、淮海戰役烈士紀念館。下午，步行登雲龍山、訪興化寺、參觀石佛，還看到了當年蘇軾寫《放鶴亭記》時的放鶴亭，隨後又去參觀了戲馬臺，據說這是西楚霸王的點將臺。楚霸王一世英名，落得敗走陰陵、烏江自刎，讓一個大流氓劉邦坐了天下。至今思之，仍不禁感慨繫之。即興吟詞一首，題爲《弔徐州戲馬臺》，調寄《如夢令》：

　　　　秦滅楚漢爭鋒，項羽點將彭城。

　　　　只因一著輸，無顏再過江東。

　　　　遺憾，遺憾，枉了一世英雄。

此後在徐州市又流連兩天，於二十一日返津。

　　本年發表的論文有《元明戲曲中少數民族語》（見《河北師院學報》1994年1—2期），還有一篇有關文藝學的《寫景與作品的情節》（見《渤海學刊》1994年第4期）。

一九九五年　七十五歲

　　五月，我主編的《元曲選校注》共八冊，由河北教育出版社一次性出版。《元曲選》原爲明代著名戲曲家臧晉書所編選。在現存的一百五十六種元雜劇中，有很多優秀作品主要依靠它得以保存和傳播。在過去相當長時間內，該書不僅是廣大戲曲工作者、教育工作者賴以取材的寶庫，就是元曲研究專家，也多以此爲依據。但該書自出版至今已近四百年。經過長期輾轉翻印，文字上魯魚亥豕的現象逐漸增多，迄未進行再整理，特別是元曲的方言俚語不易理解，斷句又是舊式句讀，顯然不適應新形勢下提高全民族文化的需要，故進行校勘，再加注釋，改易新式標點，實爲當務之急，經過編者十年苦心經營，終於大功告成。故此書一出，受到各方面的矚目和好評。論者謂：「本書在校點、注釋、作家介紹、作品評述諸方面，都明白易懂，具有可讀性，

又出言有據，具有一定的科學性，顯示了自己的特性。」甚至說：「這部書的出版，對中國戲劇史、中國文學史、中國文化史的研究，都有著相當重要的價值。」還有的說：「該書的全部問世，是我國元曲研究領域取得的一個豐碩成果。它對於元曲的普及和研究工作的深入開展，對於繼承和弘揚我國的傳統文化，都將發揮重要的作用。」

一九九六年　七十六歲

七月，在天津婦聯主辦的「書香溢萬家」十大家庭藏書評選活動中，以藏書二萬餘冊，摘得桂冠。這在《天津日報》（5 月 15 日）、《今晚報》（7 月 9 日、7 月 11 日）、《天津老年時報》（7 月 20 日）以及各電視臺均有報導。七月十日中央電視臺還做了轉播。七月二十六日又在天津電視臺頒發了獎狀。

九月二十四日，《元曲選校注》獲河北省第五屆社科優秀成果評選一等獎（見當日《河北日報》第 6 版）。後來據此增加兩級工資。

十月七日到天津第一中心醫院做割除包皮手術。

十月十六日，天津有線電視臺來我家錄像，共錄四次，到二十二日完成。並於十一月四日、六日、八日，隔日在黃金段時間，以「書緣」為題，每次播放十分鐘，影響深遠。

十一月十六日，長子王紅髮明「帶有裝飾性護層的電線」獲中華人民共和國專利局批准的專利權，並頒發有「實用新型專利證書」。專利號為：ZL95219404X。

一九九七年　七十七歲

七月一日子時，香港回歸祖國，它位於廣東省珠江口東側。包括香港和九龍半島兩部分，原屬新安縣（今深圳市）。道光 22 年（1842 年）鴉片戰爭後，被英國侵佔。咸豐十年（1860 年）又侵佔了九龍半島南端尖沙咀一帶。光緒 24 年（1896 年）又強行租借九龍半島深圳河以南地區及附近諸島。這次回歸，按一國兩制，設為特別行政區，是我國的對外窗口。他對我國東南部各省的經濟發展，具有很大的促進作用。

八月二十九日，好友南開大學教授王達津先生因跌跤患腦溢血去世，享年八十二歲。早年在東北師範大學時，我與他是前後同事，到天津後，同住一市，往來較熟。拙作《元曲釋詞》出版後，他謂為傳世之作，我提升教授

的鑒定書也是他寫的，對我很重視，曾約我給南大研究生講課。

十二月，與靜竹共同署名發表了《北曲例釋》390 條，共約七萬餘字（收在齊森華等主編的《中國曲學大辭典》，浙江教育出版社 1997 年 12 月出版）。

一九九八年　七十八歲

一月九日，天津電視臺來家訪談並錄像。訪談的內容，仍是有關研究元曲的情況。十五日於「今晨相會」節目中，早、中、晚播放三次。

年初，語言大師黎錦熙先生逝世二十週年，應邀寫篇紀念文章，題為《永遠忘不了黎師劭西先生對我的栽培》（見《渭南師專學報》1998 年第 1 期）。文中說明了黎師對我寫作《元曲釋詞》和《宋金元明清曲辭通釋》的指導和幫助。

三月二十四日，北約開始對南聯盟狂轟亂炸。

五月八日凌晨五時四十五分，北約的三枚導彈從不同角度襲擊了中國在貝爾格萊德大使館，使大使館建築遭到破壞，還因飛彈犧牲了邵雲環、許杏虎、朱穎三位記者，消息傳來，全國震驚，憤怒萬狀，各地紛紛起來遊行示威。對此，江總書記並未及時發言，嗣後才由胡錦濤出來講話。講話精神無非是擔心抗議過火，希望降溫。事後，老百姓街談巷議，頗不以為然。

四月中旬以後，印尼蘇哈托示意他女婿組織暴徒，在雅加達等城市，大肆掠奪並燒毀我華僑商店，姦淫我華僑婦女，但我外交部並無相應反應，令人百思不得其解，內心難平，發而為小令一支，題為《哀哉華僑下場頭》，曲牌用【北南呂】《四塊玉》：

> 蘇哈托，縱暴徒，姦搶燒殺百事有。
>
> 哀哉華僑下場頭！
>
> 誰救助？誰作主？空翹首！

八月二十一日，最近因審理大貪污犯陳希同問題，不知是否經過交易，把犯罪事實，僅限定幾十萬元禮物據為私有，群眾譁然，不免議論紛紛。所以如此，是因為老百姓飽嘗貪官污吏的苦頭，對犯罪分子最為痛恨。我深表同情，話如鯁在喉，不吐不快，乃援筆寫就小詞一首，題為《打假》，調用《搗鏈子》：

> 經交易，兩默契，
>
> 改造製作編成劇。
>
> 今天公演在街頭，
>
> 假冒偽劣招非議。

十二月二十日，經過努力爭取，最後終於要到了河北工業大學新建的宿舍（天津市紅橋區西於莊五中後大道青春南里第17門204室）。申請要房是從一九九三年退休時提出的，經過幾年的周折，河北省省長批過兩次，又經過張占根、謝濟來、翟海魂的積極操作，河北師大校長王立辰的關注，最終才如願以償。

一九九九年　七十九歲

　　一月二日，由河北區育紅路建北里的舊居遷到紅橋區新居。回想自一九八二年九月十九日至一九九九年一月一日，在建北里共住了十六年三個月零十四天，這十六年多的日日夜夜，我都是在這窄而狹的黑屋子裏度過的。但反映我家「否極泰來」的幾件大事，如《元曲釋詞》、《關漢卿全集校注》、《元曲選校注》三部著作的出版以及兩個兒子大學畢業和結婚也都發生在這裡。新居寬敞明亮，心情舒暢。雖已年老，仍躍躍欲試，想跟後生小子較量較量。有詩為證：

　　　　買宅紅橋西于莊，三室一廳亮堂堂；
　　　　展卷讀書更瀟灑，豈知頭上早掛霜。
　　　　攬鏡自照付一笑，容顏雖改心猶壯；
　　　　挺胸跨入新世紀，誓與新秀比文章。（《遷居感言》）

王學奇、張拱貴

二月一日，河南省信陽師院中文系教授，我的學長吳力生兄，因心臟病急性發作逝世。力生兄致力漢語研究，頗著成績，發表有數十篇論文。為人亦甚為仗義，生前對我屢有幫助，每思及之，輒深感念。為表悼念，曾製一小令，題為《追悼吳力生兄》，曲牌用：【商調】梧葉兒

> 賀卡去，不見還，孰料歸黃泉！思往事，義如山，痛斷腸，欲
> 哭淚已乾。

三月十三日，南京師大教授、研究生導師、語言學專家、最親密的好友張拱貴兄逝世。

張兄早年追隨黎師（劭西）重視國語運動、注音符號、國語羅馬字、文字改革工作，同時調查不少方言，卓有成績，著作甚豐。當我淪落江南，找不到工作時，曾倡議組建「江東專科補習學校」藉以糊口，還曾為我寫過上課的講稿，為我發表文章找出路，為我的著作做宣傳，為我打官司寫證詞，等等。他為人坦蕩直率，一心向學，對朋友則披肝瀝膽，鼎力相助。「訃告」有詩曰：「為人光明磊落，處事不諱直言。悉心漢語研究，辛勤探索創新。努力培養學生，熱情提攜後進。論著學人矚目，留芳學術精神。」信不誣也！張兄走後！憂思不能或已。於夢中曾成詞一首，題為《長相思追憶》：

> 憶當年，扯征帆，誓相攜手永向前，為國做貢獻。
> 看今天，唇齒寒，勢單力孤失支持，靠誰續前篇！

九月二十六日，顧學頡先生逝世。顧與我早年相交，甚是相得。惜後來見利忘義，處心積慮奪我著作權，並散佈謠言，毀我聲譽，反目成仇，實為憾事，悼詩云：

> 處心積慮苦費心，士林佳話變醜聞；
> 莫謂撒手長已矣，躲到陰間難見人。

十月十五日，責編馮瑞生先生把《宋金元明清曲詞通釋》全稿取走。送他回來，在路上因舉步不慎，被石絆倒，致左手骨裂，到天穆骨科醫院幾經治療，又經過相當時日，始愈。

十二月十一日，張占根、楊棟自石家莊來津專程看我，在旺角酒樓招待他們，次日便趕回石家莊。匆匆而來，匆匆而去，見上一面，敘敘家常，蓋亦師生之情誼也。

十二月二十日子時澳門回歸。澳門位於廣東省珠江口西側。原屬香山縣。明朝嘉靖三十二年（1553 年）葡萄牙殖民者藉口曝曬水漬貨物，強行上岸租占。鴉

片戰爭後不斷擴大地盤。光緒十三年（1887 年）進行強佔。這次回歸，同香港一樣，按一國兩制，設特別行政區。從此結束了列強在中國領土上的殖民統治。

十二月二十三日，因感冒引起高燒，到第二中心醫院去看，大夫誤診爲心臟病及肺炎，強留住院一周，直到二十九日。醫院的創收增加了，可我被宰兩千多塊，爲揭露醫院不正之風，特寫詩記錄之，題爲《住院》：

> 一九九九年，遇事不吉利；
> 先是手骨裂，動轉難如意；
> 接著患感冒，鼻涕滿把揮；
> 咳嗽又喀血，咯得心欲碎；
> 終至發高燒，住進醫院裏；
> 往返僅七天，兩千多藥費；
> 既入「屠宰場」，不宰我宰誰。

本年發表的論文有兩篇：一是《釋「人家」》（見《唐山師專學報》1999 年第 4 期）；二是《釋「去」》（見《河北師大學報》1999 年第 2 期）。後文爲中國人民大學資料中心《語言文字學》於當年第 7 期轉載。

二〇〇〇年　八十歲

一月七日，約用將近一年的時間，完成《牡丹亭》注釋初稿。是劇原有徐朔方注本，在注釋過程中多所參考。徐氏學識淵博，值得肯定。但因湯劇晦澀難懂，用典太多，還有很多地方尚未查出用典及集句的來源，漏注、誤注之處也不少，欲完善之，也煞費苦心。有詩《接力》云：

> 徐氏校注牡丹亭，材料豐富篩選精；
> 不少無據可查處，著墨不多意自通；
> 只因湯劇太艱深，失查誤注多漏洞；
> 欲使注本再完善，我願接力竟全功。

四月，次子王欣（一名王藍）轉調到天津浩天房地產開發有限公司，任財務總監。

九月一日，爲河北師大學報編審傅麗英《馬致遠全集校注》作序，並開始審定全書。

本年發表的論文有《釋「巴」》（見《河北師大學報》2000 年第 4 期）。此文爲中國人民大學資料中心《語言文字學》2001 年第一期所轉載。

二〇〇一年　八十一歲

八月十九日，我和靜竹同王欣、楊青紅、王雪瑩驅車到天津開發區觀光一番。此地是一片鹽鹼地開發起來的，而今街道整潔，四通八達，一新樓，鱗次櫛比，別有一番新氣象，觀之令人震奮。又此地瀕臨渤海灣，海上交通，亦極方便，這對招商引資，具有很大誘惑力。它的發展前途，肯定要比上海浦東還要看好。

十月一日，恰逢中秋，我和靜竹以及王欣三口子又同去大港走了一遭，先到幸福小區職工宿舍（楊青紅娘家）住一夜。當晚在大港賞月，觀感自與去歲中秋不同，吟詩一首，題為《異鄉賞月》：

中秋國慶同一天，客走他鄉大油田；

風光雖與往歲異，賞月興致似去年。

十二月二十七日，草成《王學奇年譜》部分初稿。這是我用筆蘸著血淚結合歷史風雲寫的。我前半生的悲歡離合，盡在其中。

卷頭詩云：

半部年譜雖不長，一代風雲共存亡；

飽蘸血淚圖真迹，於無聲處驚上蒼。

十一月三日，好友王輔世逝世。輔世兄是著名語言學家。生前任中國社會科學院民族研究所研究員、中國社會科學院研究生院教授。他對苗語的研究有突出貢獻。著有《貴州威寧苗語量詞》、《貴州威寧苗語的狀詞》、《貴州威寧苗語的方位詞》、《苗語方言聲韻母比較》、《苗瑤語繫屬問題初探》等多篇，每篇均富有獨到見解。1979 年在巴黎舉行的第十二屆漢藏語言研討會上，他的《苗語方言聲韻母比較》宣讀之後，受到國內外專家的高度重視，被認為是深入少數民族語言研究的典範之作。1993 年、1994 年在東京國立亞非語言文化研究任客座教授期間，對《苗語方言聲韻母比較》又做了若干補充和訂正，使之更加準確地反映苗族語言演變的軌跡，把苗語研究推上一個新高度。他的逝世，對推進苗語研究，對我個人的情誼，都是巨大損失。我和輔世兄解放前在蘭州相識，結交幾十年來，沒有斷過聯繫，我每到北京，即到他家食宿，不分彼此。忽接訃告，遂成永別，痛何如之！

本年發表的論文有兩篇：一是《釋「能」》（見《河北師大學報》2001 年第 4 期）；二是《宋元明清戲曲中的少數民族語》（見《唐山師院學報》2001 年第 1 期、第 3 期、第 4 期、第 6 期）。此文是 1994 年發表的《元明戲曲中

少數民族語》的加深和擴大。唐山師院學報編輯部按語：謂本文「視覺獨到，用功頗勤，可補這方面工具書之不足。」

二〇〇二年　八十二歲

一月，河北師大學報編審傅麗英校注、由我審定的《馬致遠全集》由教育部語文出版社出版。

一月十四日，霍現俊由北京來津，其目的是想把《紫釵記》校注的任務轉手給我，以減輕他讀博士的壓力。

二月一日，天津四十八中語文組退休老教師有王靜竹、魏潤琴、侯桂蘭、張美齡、張國藩、劉詠慈、齊樹培、尚克強、趙志強連我共十人在我家集合，到登悅酒樓聚餐，並在我們住的小區青春南里中心花園合影留念。我是局外人，不過是掛角一將而已。事後為記錄這次盛會，寫詩一首，題為《聚會》：

> 十個人十顆頭，頂的同是一片天；
> 十個人十雙腳，踏的同是一塊地；
> 十個人十雙眼，看的同是一個社會的變遷；
> 十個人十雙耳，聽的同是一個世紀的聲音；
> 十個人十顆心，想的同是昔日當教師的甘苦；
> 十個人十張嘴，講的同是今天的處境和願望；
> 多少煩惱！多少歡欣！多少回憶！多少期待，
> 都在這歷史性的聚會中雪化冰融。

二月十六日，我和王紅、王藍驅車到楊柳青參觀石家大院，這是遠近馳名的一所清代建築。入內見有兩排多完整的院落，佔地面積雖不甚大，但建築結構、磚雕木刻、居室格局等，仍保存著晚清的風格。惜為時間所限，未能盡情飽覽。據說當年這家主人是以漕運起家，帶動這一帶相當繁華，後來衰落，已成明日黃花。今市府正擬改建、擴建，辟為旅遊勝地，不久又會繁華起來。

三月十七日下午，同王藍乘車去天津北郊區高莊光顧一番。這是三十多年前（文革期間）我舉家被疏散的地方。我家在那裡住有八年之久，我病休從宣化回來，也住有四年光景。尋看當年住過的小院、茅屋，已經被改造一新，四周環境，亦已大變，真是地是人非物亦非，不禁感慨繫之。此次舊地重遊，不免引起我不少恩恩怨怨的回憶，特別是秦玉符之流，對我編撰《元曲釋詞》的

工作，總是探頭探腦來進行刺探，以達到他不可告人的目的。真想不到致力於聖潔的學術研究，也得不到一片淨土。憤火中燒，無意久留，便匆匆悄然而返，回到家即刻執筆寫詞一首，題爲《重遊高莊有感》，調寄《踏莎行》：

> 回想從前，因病遣返，作客高莊就幾年；忍痛掙扎治元曲，不分晝夜來攻關。　　地頭蛇在，好夢難圓，喊喊喳喳頻窺探，原來到處都鬧鬼，桃花源裏不平安。

五月二十三日，我河北師範大學爲籌備百年校慶，校方派人帶來錄像機從石家莊來天津到我家爲我錄像，說是準備製作電視劇云云。

七月十二日淩晨六時，當代文學大師、「荷花澱」派首領孫犁先生撒手歸西，享年90歲。他在文學上的成功關鍵，在於善於駕馭語言。他前期創作的小說，語言清新質樸，意趣盎然，繪人狀物，令人擊節稱賞。短篇小說《荷花澱》爲中國文壇貢獻出一個「荷花澱」流派。後期創作的大量散文隨筆，意到筆隨，英俊睿智，振奇拔俗，內涵深刻，而又不失閒適之趣。其爲人亦甚平易，待人接物，有口皆碑。天津作家協會給他的評價是：「道德文章，澤惠後生。」我校在北京期間，請他作過報告，從此便結下不解之緣。我個人和他沒有直接關係，只慕其對社會的卓越貢獻，樂爲志之。我校文學院院書記王貴新同志曾專程由石家莊來參加追悼會，以示悼念。

七月二十三日，兒媳楊青紅啓程飛英，到曼徹斯特學習，爲期五個月。

八月十八日，憑口耳相傳，得知民間有這樣一首歌謠，題爲：《包二奶淚筆》：

> 欲拒不敢拒，含淚強成歡。
>
> 產下小野種，無處認祖先！

言下淒然，據說這還不是個別現象，且已形成傳統，可見某些高官顯宦爲滿足自己驕奢淫逸的生活，不惜踐踏良家婦女，無怪民怨沸騰也。

九月十二日是我和靜竹的金婚紀念日，沒有舉行什麼慶祝活動，製小詞一首，題爲《金婚自祝詞》，調寄《桂枝香》：

> 九月十二，正北國中秋，天氣初肅。回想五十年前，長春邂逅。兩情相撞表同心，伊和我，喜結佳偶。一席淡酒，幾個摯友，頻頻祝福。　　爲覓前程競奔逐，不避路坎坷，狂風雨驟。硬是披荊斬棘，踏平險阻。往日榮辱隨流水，只留明天在心頭。抖擻精神，擂起戰鼓，繼續戰鬥。

九月十八日，四十八中語文組老教師繼本年二月一日的聚會，又一次大聯歡。集合地點仍在我家，聚餐仍在「登悅」。這次參加者有王靜竹、魏潤琴、侯桂蘭、張美齡、張國藩、趙璜、趙志強、劉永慈、劉桂榮、李祥雲、陳策、齊樹培、徐扶明、董繼賢、蕭連成、黃英朋、邴春生，加我共十八人。通知因事未到者，還有尚克強、許守順、趙維柏、李宗學、魏同英五人。這次是董繼賢請客，我家貢獻一瓶五糧液，攝像仍由趙志強負責。目前這類聚會，愈演愈多。據分析，它有著深刻的社會根源和人際關係的需要。剖析其作用約有四：一是交流感情，免除孤獨；二是交流信息，擴大眼界；三是增進友誼，互相幫助；四是團結起來，發揮餘熱。

九月二十三日，讀唐代大詩人孟浩然《歲暮歸南山》詩，他說「不才明主棄，多病故人疏。」頗感低調。近又常聞「人老珠黃不值錢」的慨歎，甚至有的自卑為老朽，我蓋不謂然，因仿劉禹錫《陋室銘》的章法，撰寫《不朽銘》，略表己見。銘曰：

> 位不在高，有才則名；錢不再多，有德則馨；我雖寒微，才德是崇。結交多信士，一諾千金重。治學追前賢，雄心貫始終。務期償夙願，慰平生。無雜念亂我懷，無俗務勞我形。皓首窮一經，永放夕陽紅。我請問：「何朽之有？」

十月四日，我和靜竹、王紅、王藍驅車到薊縣一遊。薊縣即古之漁陽。白居易《長恨歌》上說：「漁陽鼙鼓動地來」，即指燕山山脈從薊縣到密雲一帶。上午十點，我們到薊縣縣城，隨即遊覽了獨樂寺和白塔。獨樂寺始建於唐，主體建築為觀音閣和山門，遼代同和二年（公元 984 年）重建。觀音閣是中國古代高層木結構樓閣代表作。其上有五脊六獸，造型別致，在建築史上獨一無二。獨樂寺山門內觀音閣大殿前植有唐柏，又名龍柏。乾隆皇帝《憩獨樂寺》詩有句云：「少年頻此宿，古柏鎮前庭。」頗能道其氣魄。寺內建於明代的韋馱亭，八角形，頂作攢尖狀。據說韋馱曾親授佛祖法旨，巡遊護法。他通常供於天王殿，這裡單獨建亭供奉，實屬罕見。白塔，位於獨樂寺南，建於遼代，原名漁陽郡塔，又名獨樂寺塔。塔高 30.6 米，平面八角形，鑲嵌磚雕斗栱，雙重欄杆，舞俑神獸，仰覆蓮花等飾物，精美端莊，造型奇特。後又驅車參觀了于橋水庫。遠山近水，迷茫一片，另是一番景象。在那裡留影數張，以作紀念。好山好水，觀之不盡。只因勞累不支，便打消了原擬在薊縣住一夜繼續遊覽的計劃，披著滿身的疲倦，於下午六點許回到家。

　　十月六日，王藍專程又送靜竹去保定河北大學看望王立志老師，臨行丟下千元，蓋報答當年救命之恩也。他們返津後，我問長問短，得知住在河大的老朋友蕭樹滋、王淑琴夫婦均已作古，深感人生無常，不禁悵然。

　　十月十五日，中共十六中全會選舉了新一屆政治局委員及常委委員，以姓氏筆畫排列如下：

　　王樂泉、王兆國、回良玉、劉淇、劉雲山、李長春（常委）、吳儀、吳邦國（常委）、吳官正（常委）、張立昌、張德江、陳良玉、羅幹（常委）、周永康、胡錦濤（總書記）、俞正聲、賀國強、賈慶林（常委）、郭伯雄、黃菊（常委）、曹剛川、曾慶紅（常委）、曾培炎、溫家寶（常委）。這次國家領導變動的特點，一是常委除胡錦濤外全部下馬；二是新領導全是少壯派，血氣方剛，或能有所作為，給人民帶來希望；三是江澤民仍留任軍委主席。

　　十二月，我和王靜竹合著的《宋金元明清曲詞通釋》，由教育部語文出版社出版。全文約三百三十萬字，收詞一萬多條。最突出的特點是不見於其他辭書的新詞義，約占百分之八以上，同一詞語的不同寫法，收錄也最較全面，在十五種寫法以上的，如：「淅零零」有十五種寫法，「一迷」有十六種寫法，「醃」有二十種寫法，「大古」有二十一種寫法，「生剋支」有三十六種寫法。用力之勤，開卷可見，堪稱我們的代表作。書在出版前，有兩首七律，題為《抒懷》，約略可見我們製作的計劃及對《宋金元明清曲辭通釋》的自我評價。

　　其一云：

　　　　老去餘輝已不長，爭分奪秒寫文章；
　　　　年譜自傳不能少，新舊詩歌要曝光；
　　　　更有玉茗堂四夢，念念不忘掛心上；
　　　　行有餘力修《通釋》，繼往開來耀光芒。

　　其二云：

　　　　勤奮半世老更忙，杜門謝客撰文章；
　　　　宋元明清千秋業，「神曲」一操萬代長；
　　　　魑魅魍魎今何在？滿架詩書喜欲狂；
　　　　往日天塹變通途，闊步行來坦蕩蕩。

本年發表的論文有兩篇：一是《釋「是」》（見《辭書研究》2002 年第 2 期）；二是《〈宋金元明清曲辭通釋〉的寫作過程及特點》（見《河北師大學報》2002 年第 2 期）。

二〇〇三年　八十三歲

一月二十四日，我始知「五老」之說。實際很久以來，此說在老人之間就已流傳。所謂「五老」，即「老底」（指糊口的經濟基礎）、「老本」（指健康的身體）、「老窩」（指穩定的棲身之所）、「老伴」（指相依爲命的夫妻）、「老友」（指互相關心的老朋友）。爲什麼流傳這個說法，就是由於有些子女喪盡天良，對父母不孝引起的。我也常聞常見有些子女拒絕贍養雙親，甚至搶佔老人的房子，竊取老人的存摺，把老人驅逐出家，到處流浪，曝屍街頭，慘不忍睹。因之靠以自衛的「五老」說，頗引起我的共鳴。特據此加以發揮，寫出《五老歌》以自警，並作爲對老年朋友的建議，歌曰：

> 兒孫若不孝，自衛靠五老：
> 吃喝憑老底，存款不能少；
> 健康是老本，能跑又能跳；
> 固守在老窩，穩占房一套；
> 呵護有老伴，殷勤且周到；
> 談笑找老友，彼此解寂寥。

當然，這顯然是不夠的，還應當加上兩條：第一是「預爲之謀」，不能臨渴掘井；第二是依靠法律。沒有法律保障，「五老」的自衛防線，一衝就垮。

王學奇、王靜竹、馮瑞生

　　一月二十九日，《宋金元明清曲辭通釋》的責編馮瑞生先生送來樣書，書不但有封包，還有硬紙殼外套，紙張一流，印刷精美，展卷觀之，愛不釋手。這是我和靜竹多年心血的結晶。本書的出版，不僅標誌著我們在科研方面又前進一步，也爲《元曲釋詞》的寫作，公開地向學界澄清作者眞相。語文出版社前社長兼總編輯李行健先生和現任編審馮瑞生先生寫的序言以及我們作者自擬的跋，都戳穿了顧學頡先生的謊言。

　　《宋金元明清曲辭通釋》出版後，學術界不斷有文章發表，予以評價。三月十九日《中華讀書報》有彭英安（即萍庵）寫的《語言事實的搜集比什麼都重要》，著重指出本書的內容翔實，資料宏富。三月二十七日《中國教育報》，有李行健、馮瑞生寫的《發掘曲辭的光輝》，著重指出本書發掘出大量前所未見的詞彙。三月二十九日山東《濰坊晚報》有浙大教授俞忠鑫寫的《宋金元明清曲辭通釋——近代漢語詞彙研究的又一力作》（此文後來又見於北京《新聞出版報》）。與此同時，《出版參考》第 4 期上，還有湖北大學柳燕、張林川教授合寫的《原始要終，融會貫通——語文出版社〈宋金元明清曲辭通釋〉的釋義範式》等等。

　　二月十一日，相聲大師馬三立逝世。我酷愛馬三立的相聲。他的相聲，雋永有味，發人深省，每一個段子，都是一篇很有價值的寓言，如《祖傳秘方》、《買猴》、《開會迷》、《逗你玩兒》、《馬大哈》等，不勝枚舉。他的作品所以如此成功，主要是由於他善於觀察生活，從生活中來，到生活中去。通過幽默風趣的通俗語言，讓聽眾在笑聲中受到了嚴肅的教育。就是這樣一位傑出的靈魂工程師，和各行各業的優秀人士，同樣沒有逃脫一九五七年被打成「右派」的厄運。我崇敬他的藝術成就，而悲其不應有的遭遇，故當他告別喜愛他的聽眾這天，我格外悲痛，心潮澎湃，久久不能平靜。

　　三月二十日，美英對伊拉克開戰，這是牽動世界人心的大事。這場戰爭，已經醞釀好久了，只因法、德、俄反對，中國也跟在他們屁股後面，敲著邊鼓。但美國一意孤行，不計一切代價，要繞過聯合國單幹。在單幹尚未動手之前，我早在一月間就有一首詞，題爲《動武》，揭露美國的野心，調寄《如夢令》：

　　　　法國、德國、俄國，三方異口同說。

　　　　反對美攻伊，巨耐還有中國。

　　　　奈何！奈何！管他媽的「繞過」！

這一天，終於來到了。巴格達當地時間五點三十五分，北京時間十點三十五

分，美國使用戰斧式導彈，分三次轟擊了伊拉克。戰前和戰爭開始階段，一些軍事專家都對薩達姆的抵抗力量估計過高，實際薩達姆的武裝力量不堪一擊。僅僅用了約三周時間，到四月十日，美軍就基本上結束了大規模戰鬥，控制了巴格達城區和機場。伊軍已經沒有有組織的抵抗，只有零星戰鬥。美國國防部長拉姆斯菲爾德得意地聲稱這次勝利是他以高科技、高機動、小規模的新戰略原則取得的。實際薩達姆的失敗，雖然，也是由於對抗擊美軍進攻的準備不足、估計失誤、指揮失靈，但最關鍵的原因，是由於法西斯專政，實施暴力統治，不得民心，守衛巴格達的共和國衛隊不願爲薩達姆賣命，因而迅速潰散。得道多助、失道寡助，這是永遠不變的原則。這原則自然也適用於美國。美國打伊拉克也是以暴易暴，興的是不義之師，所以雖然佔領了伊拉克，但不得安生，時時處處遭受襲擊，後來我寫一首小詞，題爲《調笑令‧駐伊美軍遭襲擊》：

> 冷槍，冷彈，時時處處不斷。
>
> 一天廿四時，嚇得魂飛膽戰。
>
> 膽戰，膽戰，唯恐閻王召見。

我校文學院爲慶祝拙作《宋金元明清曲辭通釋》的出版，準備邀請國內部分專家開個學術座談會，已經計劃多時了。

四月十五日，文學院副院長鄭振峰和漢語組教授唐建雄專程來我家商定開會日期，初步確定爲五月二十日。邀請專家的名單，初步擬定有：南開大學許祥麟教授、天津師範大學吳振清教授、北京師範大學李修生教授、首都師範大學張燕瑾教授、前北京師範學院張雲生教授、前語文出版社社長兼總編輯科學院教授李行健先生、語文出版社編審、辭書專家馮瑞生先生、徐州師範大學李申教授（著名語法專家廖序東女婿，也是學界豪傑)、揚州大學謝伯陽教授、南京大學吳新雷教授、南京師範大學陳美林教授、河北教育出版社編審鄧子平先生。年事較高的專家，考慮到健康問題未敢邀請。此事未過幾天，於 4 月 21 日鄭振峰來電話，說因「非典」問題，會期推遲。

「非典」這種新型傳染病，先發自廣州，初時未引起重視。四月下旬，「非典」開始逞兇，向北方迅速蔓延開來，一直到六月下旬，逐漸被遏止住。其間，爲防傳染，城鄉之間，各校各機關之間，皆壁壘森嚴，互成禁區，大有「雞犬相聞，老死不相往來」之勢。報載這次突然降臨的「非典」災難，世界許多國家皆未能幸免，但重災區是在中國，不僅大陸有，特區港澳有，臺

灣也有。大陸又以廣東、北京爲甚，圍繞北京的山西、河北、內蒙古、天津
各省市也較嚴重。約略統計，死於「非典」的，廣東有 57 人，北京有 191 人，
內蒙古 28 人，山西 24 人，天津 14 人，河北 12 人。截止到五月三十一日，
全球死於「非典」的共 8295 人，中國死於「非典」的 5325 人，約占全球的
64.2%。

李申、王學奇、廖麗珠

　　抗「非典」過程中，白衣戰士爲救治患者表現了奮不顧身的精神，湧現
出不少可歌可泣的英雄事迹，我非常感動，我敬重他們，情不自己，在五月
十一日，以《白衣戰士》爲題，寫頌詞一首，調用《清平樂》：

　　　　突發「非典」，人類遭劫難。自南向北蔓延開，展開一場惡戰。

　　　　無邊白衣戰士，個個奮勇當先。決心抗擊病菌，保衛患者安全。

七月二十一日，接責編馮瑞生先生七月十七日信，信中說「圖書評獎已通過第
一關——即辭書獎的一等獎（只有兩種書獲一等，即《宋金元明清曲辭通釋》
和江蘇教育出版社出版的《方言大辭典》兩種）。這樣，就可以順利進入國家圖
書獎的逐鹿範圍之中」云云。獲國家辭書一等獎，得之不易，對我來說自然是

大好消息，對靜竹說，更是個大好消息。她原來長期塵封在地下，朝夕之間，一躍而成爲國家辭書一等獎獲得者，顯赫當世，何其榮也！乘靜竹躊躇滿志之際，我們正擬擴大戰果，進行修訂，精益求精，然而天不作美，事與願違。

七月二十五日，靜竹以腦血栓病住進中醫學院第一附屬醫院。入院這天，正值星期五。星期六、星期日，醫院未做進一步檢查，亦未及時輸液。到二十八日（星期一）第二次做核磁共振，開始發現腦血管大面積堵塞，此時已不能說話，接著不能進食（靠鼻腔注入流體維持生命），不能下床，拉尿都在床上。目睹此情景，不由熱淚奪眶，泣不成聲，從此我被憂愁所煎熬，再無歡顏笑語。經過一個月的治療，可以由嘴進食，但慢嚼緩咽，又能說出「不要」二字，扶著能坐十分鐘。恢復到這種程度，丁大夫說這是奇迹。言外之意，進一步恢復，不容樂觀。

九月五日，轉到黃河道醫院繼續針灸、輸氧。九月十六日（星期二）開始加作血液平衡治療，每周一次，準備做十次。這個醫院的一個年過半百的女主治大夫，談及靜竹病情，曾對我說，肢體恢復功能容易，失語恢復困難。我頗不謂然。電視曾報導一個啞巴孩子，由於母親的精心教導，也終於能開口說話了，況且靜竹現在還能說幾句話，能說幾句，就能擴展開來，說十幾句，以致二十幾句。於是我和兒子便訂了個教她語言的計劃，到九月末，便略見成效。沒通過口教，她自己也能冒出幾句，比如說「我不愛你」、「我逗你玩兒哪」、「你去問王紅吧」等等。雖然如此，仍不能滿足我們急切的心情。原來靜竹是個熱情人，又是能言善語，喜和朋友溝通思想的人，今遭此厄運，把想吐露的眞情實感，都憋在肚子裏，我眞替她難受，爲此我常常寢不安席，食不甘味。有很多文章要寫，而我無情無緒，懶待看書，懶待動筆，終日晃晃悠悠，無所事事，眞如古人所說：「處若忘，行若遺，奄乎其若思，茫乎其若迷。」適又值《宋金元明清曲辭通釋》出版獲大獎，正是她揚眉吐氣，一吐塊壘之時，竟一病臥倒，眞是病非其時，命運給了她不應該給的捉弄。我爲她惋惜，爲她遺憾，情不能自己，特製一小詞，就題作《遺憾》，以遺憂思，調寄《鳳凰臺上憶吹簫》：

> 獨居孤處，形影相弔，終日晃晃悠悠。任圖書狼藉，塵封案頭。
> 生怕學田荒蕪，多少事欲作還休。心如絞，不是悲秋，只爲靜竹。
>
> 竹！竹！這回一病，前後幾十天，療效不著。念愛妻一生，過關斬將，與我風雨同舟。近新來，又出巨著，正該你揚眉吐氣，奈何病篤！

九月三十日下午六點多，次子王藍把母親從醫院接回家裏。把大夫請到家裏，繼續針灸、按摩、吃藥、吸氧，並堅持教她說話。同時每周一次繼續到黃河道醫院做血液平衡療法，一直到十一月十一日，做完第九次。但針灸大夫不能每天都來，是個缺憾。在家療養兩個月的效果：能在保護下站立一刻鐘，能在輪椅上坐兩三個小時，還能在輪椅上大小便，排泄系統正常。這比在黃河道醫院又進步多了。說話的範圍，也較以前有所拓展，但仍不甚理想，因此一直準備再去住院。

十一月中下旬《宋金元明清曲辭通釋》等辭書頒獎儀式在上海舉行，各大報紙均有報導。十一月二十八日《文匯讀書周報》有篇報導，是對第五屆國家辭書評選的總結，題為《第五屆國家辭書獎揭曉，參評圖書令人喜憂參半》。文章指出：《宋金元明清曲辭通釋》等「都是信息含量十分豐富的力作，對傳承文化起了重要作用」。還指出：「獲特別獎和一等獎的十種辭書即作為第六屆國家圖書獎的初評入圍辭書。」在發獎前後，《河北師大學報》第 5 期還有著名學者朱一玄教授寫的《為學貴通──讀王學奇、王靜竹撰著〈宋金元明清曲辭通釋〉》，10 月 30 日《今晚報》第 13 版，有記者高麗、通訊員永則寫的《〈宋金元明清曲辭通釋〉──令人耳目一新》，《唐山師院學報》第 6 期，有天津師大教授吳振清寫的《古典釋詞的扛鼎之作──讀〈宋金元明清曲辭通釋〉》，有萍庵先生寫的《評〈宋金元明清曲辭通釋〉》，諸文對《通釋》的成就和價值，都給予了恰如其分的評價。

十二月一日，為加強治療，老伴第二次住進中醫學院第一附屬醫院。這次治療增加的科目主要是高壓氧，其他如針灸、按摩等如前。據觀察，肢體恢復較快，能獨立站十多分鐘，語言的恢復，仍不甚理想。

本年發表論文三篇：一為《再釋「可」》（見《唐山師範學院學報》2003 年第 1 期）；二是《〈宋金元明清曲辭通釋〉概述》（見《辭書研究》2003 年第二期）；三為《評廖序東教授的〈楚辭語法研究〉》（見《河北師大學報》2003 年第 3 期）。

二○○四年　八十四歲

一月二日下午，我校文學院院書記王貴新同志來訪，傳達兩個問題：一是發放拙作《宋金元明清曲辭通釋》獎金問題；二是召開拙作的學術座談會問題。這都是尊重知識、學術研究的大好事。我聽從領導安排，未表示個人意見。

一月三日上午，王欣、王紅把他母親從中醫學院一附院接回來，並馬上找大夫來家針灸，同時配合服藥。

二月一日，因為論文集《元曲語言新論》稿在河北教育出版社酣睡已久，不付印，不退稿，不理睬，感到鄧子平不夠朋友，乃寫詩譴責他背信棄義。詩云：

> 校注《元曲選》，早就有諾言：
> 搭配論文集，隨後即出版。
> 選注久熱賣，屈指逾十年；
> 奈何論文稿，遲遲不照面？
> 不出亦不退，催問也枉然。
> 過去老交情，今天大變臉。
> 欺我遠在津，捉弄不眨眼。
> 勸君且細思，凡事有極限。
> 物極則必反，後果難預言。（《責問》）

三月五日，以鄧子平言而無信，壓住論文稿，久拖不發，耿耿於懷，乃又給鄧寫信。信的全文如下：

> 子平先生大鑒：
>
> 因為給您寫信，您也不屑一顧，採取不該採取的傲慢態度，我也不願厚著臉皮再與您通函。人有臉樹有皮麼！況我年過八旬，一向以講誠信，受到朋友的尊重。自度也沒有對不住您的地方，奈何遭到您的漠視？令我百思不得其解。不過我還有一部論文稿，在貴社已經沉睡十幾年，該是解決的時候了，因此我還得寫這封信。應該承認，通過你在貴社給我出過兩部書，委實感謝你們，可兩部書都獲了一等獎。《關漢卿全集校注》在上海還獲得全國第三屆書評金鑰匙獎，併入闈第一屆國家圖書獎，被列為建國以來 189 種優秀書目之中（見 1993 年 12 月 14 日《光明日報》）。這足以說明我既沒有給老朋友丟臉，也沒有給貴社抹黑。這都是已然的事實，不說也罷。但您切不可忘記，在出版《元曲選校注》之前，您滿口答應論文集也隨即出版。屈指一算，《元曲選校注》迄今已問世將近十年了，而論文集的出版，卻一直未能兌現。為此，我也曾寫信再三表示過：如果出版有困難，我也不會因有諾言在先，就抓住您不放，讓老朋

友爲難。我始終主張：出書事小，友情事大。我衷心希望永遠維持朋友的情義。即使如此，也得不到您相應的回應。不出書，不退稿，不理睬。你們出不了，妨礙我在別處出。於情於理，怕都說不過去吧！凡事都不宜做得太過分。須知物極必反，您應該想到這樣做，會得到什麼樣的後果。臨風布意，願三思之。專此上達，並祝近好！

王學奇於天津

三月六日，天津《老年時報》頭版，刊有永澤寫的一篇報導，題爲《老學者曲辭考釋集大成——〈宋金元明清曲辭通釋〉》。這是繼去年《今晚報》報導該書初版消息在天津第二次報導。同日《今晚報》還報導了著名詩人臧克家辭世的消息，令人惋惜。眞可謂一則以喜，一則以憂。

二月九日，因禽流感繼「非典」病傳染到中國，鬧得人心慌慌，風聲鶴唳，因爲詩以記之。詩云：

> 去年鬧非典，今年禽流感。
> 傳自東南亞，越境猛擴散。
> 人心舉慌慌，風聲鶴唳傳。
> 全國各省市，處處雞遭難。
> 爲斷發病源，撲殺不眨眼。
> 寧可錯殺三千隻，不讓一隻留後患。
> 從此公私餐桌上，不見鮮黃攤雞蛋。（《痛吟禽流感》）

三月九日，老友吳奔星病重，其幼子吳心海請我把和他父親交往的歷史寫一下，以備出紀念文集，遂草成一小文，題爲《往事如煙，歷歷在目——略述我與著名教授、詩人，吳奔星先生的過從始末》。文中除歷述我們在北京天津及南京的遇合情況，文末還提及吳兄因《元曲釋詞》的版權問題仗義執言，爲我作證的義舉。

三月中旬，中央電視臺第十一頻道（戲曲臺），簡要介紹了拙作《宋金元明清曲辭通釋》的成就及我們兩位作者的身世。

三月二十九日，老伴第三次住進天津中醫學院一附院。這次住院治療，一是準備用進口藥「施普善」輸液，二是趁四月份關鍵時令療效較高，希望病癒越快越好。實際這次並未達到預期的目的。

四月二十四日，接南京師範大學寄來的訃告，說好友吳奔星先生於四月二十日三時十八分逝世，享年九十二歲，悲痛之餘，立即回唁函如下：

南京師大吳奔星教授治喪委員會：

驚聞著名詩人、學者、現當代文學史家吳奔星教授仙逝，這是我國詩壇的巨大損失，也是南京師大教學上的巨大損失。吳先生待人熱情洋溢，俠肝義膽，助人爲樂，一諾千金。半個多世紀以來，我受益獨多。他的西歸，對我更是不可彌補的損失。

靈耗傳來，如五雷轟頂。

臨風涕泣，不知所云。

王學奇

2004 年 4 月 25 日

爲紀念奔星先生的功績德業，旋又爲他寫一墓誌銘，題爲《吳奔星先生墓誌銘》。銘曰：

山不在高，詩藝稱雄；海不厭深，科研精通。作家學者，並負盛名。爲人重道義，慷慨樂平生。桃李滿天下，一手栽培成。真乃爲教育、樹典型！毫無告老念頭，一心繼續革命。貢獻昭天地，永活人心中。誰能說：駕返天庭？

（後刊於《揚子江詩刊》2004 年第 4 期）

五月一日，絕早醒來，輾轉不能入睡，我老伴的病久治不愈，愁苦彌甚，不由口占一首小詞，題爲《愁苦》，調寄：《更漏子》：

春風和，春雨細，人歡鳥鳴草綠，奈之何，偏偏我，垂頭又喪氣。　　身半癱，口失語，交相折磨愛妻。恨千疊，愁萬縷，我如何歡喜？

同日上午十時，王欣、王紅把他母親從醫院接回家來，繼續在家針灸和按摩，並在生活上加意護理。

六月十二日，收到中華版權代理總公司的合同書。合同規定甲乙雙方據《中華人民共和國著作權法》及相關法律法規，本著公平合作、互惠互利的原則達成協議（協議條款從略）。本協議簽署後，甲方（作者）可隨時向乙方提供新作品的發表情況，乙方亦可通過其他途徑瞭解甲方新作品的發表情況。甲方如無特別聲明，乙方即被授權代爲收轉其作品在以上述方式（從略）使用時的著作權使用報酬。乙方從甲方每次所得著作權報酬中扣除 15%作爲著作權使用報酬收轉的勞務費。

六月十九日，心煩意亂，已經不是一天了。當天，閱天津《老年時報》，

趙樸初所作《寬心謠》，過錄於此，欲藉以自慰。詩云：

> 日出東邊落西山，愁也一天，喜也一天。
>
> 遇事不鑽牛角尖，人也舒坦，心也舒坦。
>
> 月月領取退休款，多也喜歡，少也喜歡。
>
> 少葷多素日三餐，粗也香甜，細也香甜。
>
> 新舊衣服不挑揀，好也禦寒，賴也禦寒。
>
> 常和知己聊聊天，古也談談，今也談談。
>
> 內孫外孫同樣看，男也心歡，女也心歡。
>
> 全家老少互慰勉，貧也相安，富也相安。
>
> 早晚操勞勤鍛鍊，忙也樂觀，閒也樂觀。
>
> 心寬體健養天年，不是神仙，勝似神仙。

反覆吟誦，趙樸初講的這些我都辦得到，但如一天不寫作，痛苦甚於芒刺在背，我如何得安？我如何不煩？我的人生觀是：

> 不重吃喝不重穿，得失榮辱亦等閒。
>
> 唯有寫書做貢獻，才能使我樂陶然。

六月二十四日，霍現俊自北京來天津，通報開會座談《宋金元明清曲辭通釋》及約請專家的事。同日，還收到李申教授自徐州寄來的論文《〈宋金元明清曲辭通釋〉讀後》。文章高度評價了拙作的成就。在「提要」中並指出《通釋》堪與《敦煌變文字通釋》、《詩詞曲語辭彙釋》媲美。

七月十一日，鑒於有些年輕人霍霍欲試，嫌老年人礙路，因而加以排斥。而老年人也習慣以「人老珠黃不值錢」的腐朽言論，自暴自棄，其實這都是錯誤的，殊不知人的道德文章、才能經驗，須要通過長期實踐才能成熟或積累起來。「庾信文章老更成」，西班牙塞萬提斯的名著《堂吉訶德》是在七十歲以後寫成的，這都是證明。天津《老年時報》有作者說：「人老也是金。」我舉雙手贊成，並執筆以《越老越有用》為題，申述己意如下：

> 人老也是寶，各行不能少。
>
> 中風找大夫，都要選石（學敏）老。
>
> 水稻要增產，最好問袁（隆平）老。
>
> 高難數學題，解決靠華（羅庚）老。
>
> 發展原子彈，不能沒錢（三強）老。
>
> 文學新動向，領頭有郭（沫若）老。

語改樹大旗，公推是黎〔錦熙〕老。

越老越有用，誰説老不好。

央視白岩松，渴望年紀老。

蔣子龍著文，《六十歲最好》。

七月十五日，「臭老九」、「窮老九」，早就如雷貫耳。這是世俗人不把知識分子看在眼裏的鐵證。但我認爲我是世界上最富有的人，並且香的很，一點也不臭。遂寫《財富》詩，以示抗議，詩云：

不要因爲我沒有存款、股票、房地產，

就藐視我是個貧無立錐的寒儒；

其實我最富有，活得心滿意足，

因爲在人們心底，我儲存的大量信義，遠勝金珠。

也不要嘲笑我挣扎一生，毫無所獲，

只落得無可估量的疲勞、辛苦和屈辱；

其實這正是我千金難買的財富，

它使我一新耳目，增長了經驗和智謀。

眼淚雖已經擦乾，血迹和傷疤還在，

這更是我取之不盡的財源；

每塊血迹每塊疤都將轉化現實主義傑作，

暢銷全球，版權永歸我所有。

八月十日，霍現俊自石家莊來電話，說拙作《宋金元明清曲辭通釋》又獲河北省社科優秀成果一等獎。

八月十一日，初步整理完詩集《勞動之歌》，內收有《最難忘的日子——黑牛城勞動的日日夜夜》、《油印工之歌》、《鍋爐房小唱》、《洋河灘上戰蝌蚪》、《鋤頭歌》、《掏糞曲》、《授粉》等十多首。勞動雖云神聖，但在反右、文革期間，勞動是作爲懲罰手段來折磨我的。回憶在荒漠的宣化洋河灘上，身患脊椎骨增生，常常使我夜不成寐，佝僂著身子，疼痛難忍，又不敢出聲，淚水浸透枕巾。即使如此，一聲令下，也得忍痛應徵。每思及這段歷史，好不慘然！

八月二十四日，開始整理編選我創作、及收輯的山歌，約七十餘首。作品的時間跨度達七十多年，自1931年日寇強佔我東北起，經過抗日戰爭、新中國成立一直到改革開放。山歌產生的地域也很廣，包括東北、京津、張宣

等地，還涉及到重慶、湖南。這個山歌集姑名為《王學奇山歌選》，它真實地反映了近一個世紀的尖銳的民族矛盾、階級矛盾、以及人民內部矛盾。隨著社會現實的發展變化，也是我如何認識歷史的一面鏡子。

八月二十九日，第 28 屆在雅典的奧運會結束了，中國健兒獲得 32 塊金牌，17 塊銀牌，14 塊銅牌，總成績居第二位，僅次於美國，大長中國人的志氣。特別值得大書特書的是中國女排，一路過關斬將，最後以三比二戰勝俄羅斯，獲得冠軍。這是自一九八四年中國女排五連冠之後，時隔二十年才又奪回冠軍寶座，很值得自豪。

九月七日，我校文學院書記王貴新、教授霍現俊，帶著照相專家張濤，自石家莊來津專給我照像。在張濤的指導下，變換各種姿勢，拍了若干張。據說這是為評價拙作《宋金元明清曲辭通釋》的論文發表時配用的。他們完成任務，匆匆而去，於當日下午便折返石家莊。

九月十二日，是我和靜竹結婚 52 週年紀念日，因她仍在病中，不便好好慶祝，一切從儉，只寫一首詩作紀念，題為《我和靜竹結婚五十二週年感懷》。詩云：

> 自打結伉儷，已歷五二年；
> 同心創大業，協力闖難關；
> 打響第一炮，《釋詞》霸曲壇；
> 更上一層樓，《通釋》天下傳；
> 壯志猶未已，乘勝不下鞍；
> 奈何君病倒，使我失支持！
> 悲痛復悲痛，不覺淚如泉。

九月十九日，我陪靜竹乘王藍車又去楊柳青風光一次。這次去，給我的感覺，處處都是「日日新，又日新」的景象。曾幾何時，一片片新樓，沿街崛起，全變了模樣。該鎮瀕臨大運河，明清時代，漕運火爆，盛極一時。石家大院，在當時就是靠此起家的，可惜後來衰落了。近年加快發展，繁華更勝過往日，已成為天津著名旅遊景點。這次重遊，特即景吟詩一首以作紀念，題為《三逛楊柳青》。詩云：

> 天津楊柳青，堪稱衛星城。
> 今年大發展，舊貌換新容。
> 舉目不遐接，處處是美景。

明清一條街，尤引人入勝。

新樓沿河拔地起，雕梁畫棟飛彩虹。

石家大院傲然在，更蒙保護露笑容。

新舊建築相輝映，遊人如織醉其中。

轎車往來賽穿梭，明天要比今天更火紅。

九月二十日，接湖北大學本年第 4 期學報，內刊南京大學李開教授評述拙作《宋金元明清曲辭通釋》（以下簡稱《通釋》）的論文，題爲《戲曲詞語的歷史畫卷——讀〈宋金元明清曲辭通釋〉》。該文主要在「容納大量詞語的邏輯構架」上，條分縷析，給予了高度評價。但最使我注意的，他指出了拙作所收新詞新義有 20% 不見於《漢語大詞典》，這比我估計的 8%，要多 12%，足以說明李開先生的工作比我精細得多，不過我總認爲自己估計自己的成績低調些好。

九月二十五日，《宋金元明清曲辭通釋》學術研討會，經過一拖再拖，終於最後決定下來了。當日文學院派吳秀華教授自石家莊，轉北京到天津，把語文出版社編審馮瑞生、南開大學許祥麟教授、天津師大教授吳振清和我同車接到石家莊，我和許祥麟一九九二年在曲阜參加孔尚任學術座談會時同住一室得以相識，返津後，又續有些文字來往，但一直未再會面。此次重逢，情不自己，吟詩如下：

曲阜分手後，十年始一逢。

多少知心話，盡在不言中。（《偶題》）

九月二十七日上午，王學奇《宋金元明清曲辭通釋》學術研討會在河北師範大學學術交流中心隆重舉行，來自南開大學、天津師範大學、首都師範大學、教育部北京語文出版社、徐州師範大學、北京師範大學、南京大學、武漢大學、河北社會科學院、河北教育出版社等單位的著名專家、教授、博導共五十餘人參加了會議。參加的還有本校文學院的研究生以及河北電視臺的記者。會議由河北師大副校長王長華主持，校長蘇寶榮教授致開幕詞。蘇校長高度評價了作者的學術成就，還特別指出在八十多歲高齡又出版了三百餘萬字的《通釋》，並榮獲第五屆國家辭書一等獎、河北省第九屆社科優秀成果一等獎。稱這是學術界的寶貴精神和財富。並稱作者是當代戲曲詞語研究的大家。校長致辭後，與會專家圍繞《通釋》和作者的其他著作展開熱烈討論。大家一致認爲《通釋》一書歸類科學，有科有據，聲義精確，引例廣博，系

列簡明。所用語言材料，上溯先秦，下至現當代。舉凡群經諸子、騷賦駢體、詩詞散文、書箚奏議、以及佛道變文、二十五史、話本小說、筆記雜著等等，都在參考引證之列。它以宋金元明清五個朝代的戲曲語言作爲研究對象，貫通了整個中國戲曲史、語言史、文化史，博大精深，包容廣泛。有的稱《通釋》是「戲曲語言研究的集大成之作，戲曲語言研究的一個新高度。」有的稱作者「作爲戲曲研究大家，又具有的小學功底，在貫通語言與文學兩大研究領域上爲我們作出了表率。」有的稱《通釋》「不但從語義學，從文化學、民族學等多個角度進行考辨，寫得非常厚實，有魄力。」有的通過書面發言，稱《通釋》是「一部前賢不曾創作出的佳作。」還說「《通釋》也可以說是一部百科全書，若分類編寫，至少可以寫出幾部佳作，如《少數民族語言大觀》、《民俗學》、《方言學》、《戲曲曲藝學》等。如果再把《通釋》破解詞語的方法分類歸納，可以寫出一部《破解戲曲語詞的方法論》。」有的甚至稱頌《通釋》代表了當前戲曲語言研究的最高水平，不僅超越前人，而且在相當長的時間裏，恐怕也無出其右者。」從頌揚《通釋》的成就還聯繫到作者的治學精神和態度。公認作者淡泊名利，爲學術而學術，孜孜不倦，鍥而不捨，靜下心來，作眞學問，作大學問的精神，以及攻堅不懈的毅力，對矯正當前浮躁的學風大有裨益。此外還論及作者教書育人，獎掖後學，培養出一批新人，不但是位出色的學者，也是深受學生愛戴的老師，等等（詳見時俊靜《王學奇〈宋金元明清曲辭通釋〉學術研討會綜述》（載《河北師大學報》2004 年第6 期）。我作爲《通釋》的作者參加此會是抱著傾聽高見，好爲下一步修訂《通釋》，以光篇幅而來的，沒想到是一片頌揚聲，使我愧不敢當。同日下午院領導安排我和文學院的研究生見面，我採取「答記者問」的方式，達到了彼此的初步瞭解。晚上又和邀請來的貴賓，在院領導的安排下，同登石家莊電視塔，於酒足飯飽之餘，離座攀登到第十二層，仰觀宇宙之大，俯視全市燈火之盛，好不開心！同時，他拉我扯，結伴對月攝影，其快愉之情，有非語言所能喻者也。

　　九月二十八日，上午由東校區驅車至西校區。車開到文學院辦公樓前，早有慶昌、國存在等候。上樓觀看一下資料室、辦公室，隨即到慶昌家中聚談。依照院領導旨意，由我開列友好名單，晚上在文學院這邊聚餐歡度中秋節。屆時按名單出席的有蘇慶昌、崔潤華、趙國存、劉憲章、張祖彬、胡寶珍、劉福元、楊新我、蕭望卿、趙伯義、唐健雄等十餘人，只有陸述生、彭

琳、傅麗英缺席。除此還有馮瑞生、王貴新、霍現俊等，足足坐了兩大桌。推杯換盞，歡敘友情，自不待言。飯後，新朋舊友還分別和我攝影留念。翌日（二十九日），我同好友馮瑞生，又被專車送回京津，這才算結束了這次盛會。

十月二十七日，北京《中華讀書報》發表了《矯治浮躁學風的一個範例——〈宋金元明清曲辭通釋〉學術研討會側記》，這與後來發表的《王學奇——〈宋金元明清曲辭通釋〉學術研討會綜述》是姊妹篇，兩文可互爲補充。

十一月十一日，是我的學長廖序東教授九十華誕大慶之日，約我參加，因病未能前往。特製《廖序東教授九十華誕賀詞》一詩，表示慶賀。詞云：

> 巍乎高哉，廖兄序東。教學科研，並建奇功。
>
> 傳道授業，培育精英。鞠躬盡瘁，爲國盡忠。
>
> 結合教學，奮力筆耕。古今中外，著譯兼豐。
>
> 精品迭出，多所傳承。推陳出新，精益求精。
>
> 語法教材，尤受歡迎。發揚光大，黎門道統。
>
> 先師劭西，含笑九京。如此功烈，異口同聲。
>
> 道德風範，俱被歌頌：待人接物，禮讓謙恭；
>
> 成人之美，其樂無窮。受益後學，雲行景從。
>
> 弟也不才，附驥是幸。五十多年，氣求聲應。
>
> 啓蒙發聵，提攜推動。此恩此惠，銘記五中，
>
> 愧無以報，寢食難寧。今逢高壽，九十大慶。
>
> 特撰賀詞，用表愚誠。

（後刊於《徐州師範大學校報文藝副刊》2004 年 12 月 10 日）

同日，巴勒斯坦民族權力機構主席阿拉法特於當地時間凌晨三點半，北京時間上午十點半在巴黎逝世，享年七十五歲。他的死是中東發生的一件大事。它標誌著一個戰亂時代的結束，一個和平時代的開始，有詩這樣說：

> 阿拉法特死了，帶走和平障礙。
>
> 歷史步入轉折，開創新的時代。

因爲阿拉法特戎馬一生，習慣武裝鬥爭。晚年思路轉變，想舉橄欖枝和以色列尋求和解，但他無力約束激進派實施恐怖手段，有時在自己公館裏還窩藏保護恐怖分子頭領。因此巴以之間冤冤相報，迄無寧日，白白葬送了許多無辜百姓。阿拉法特死了，但願真正主和派上臺，出現一番新氣象。

十一月二十一日，接本年第6期《河北師大學報》，內載有三篇文章：一為《王學奇〈宋金元明清曲辭通釋〉學術研討會綜述》；一為張雲生教授的《一部前賢不曾創作的佳作》；一為張燕瑾博導的《雙百字謠並序》。這最後一篇寫道：

王學奇、王靜竹二先生的巨著《宋金元明清曲辭通釋》，已由語文出版社出版，收詞萬餘條，凡三百五十萬言。嘔心瀝血，耗五十年之生命，成此宏篇：

繼晷窮年，凝夫妻之精誠終得正果。嘉惠後學，功德無量，勉為雙百字，以示祝賀，兼為二老壽。後學張燕瑾識，時六秩有五。

久盼《通釋》出，讀書喜何如。
一帙存書案，曲辭疑難除。
今之「為人」學，義與古人殊。
不唯美其身，亦欲灑甘澍。
素仰二王老，學堪稱鴻儒。
治學為濟世，濟世不懸壺。
殫思靖精力，日夜勤耙梳。
耕耘五十載，四百萬言書。
彪炳學術史，學路鋪坦途。
功德真無量，後學共澤沐。
遙想如年夜，風雨無雞鳴。
降薪不墮志，加冕不自侮。
奮勵亦有為，夫妻沫相濡。
短檠每有得，起筆和淚書。
酬勤祐良善，天道無親疏。
昔日苦與累，化作潤物酥。
仁心昭如見，燕讀每欲哭。
惟願後世人，永免顛與僕。
同心築廣廈，相幫不相誅。
二老百年壽，還來共酬酢。

十二月十八日，長媳竇永麗申請正編審順利通過。

同月二十六日，印尼蘇門答臘附近海域發生8.9級強烈地震並引發海嘯，

周邊各國造成近二十萬人死亡，最慘的是印尼。此重大劫難，事關發揚全球人道主義救助，特爲詞以記之，調寄《長相思》，題爲《印尼大地震》：

　　　　印度洋，怒臉張，地震引發海嘯狂，周邊盡汪洋。襲擊廣，猝難防，死亡數字直線長，印尼最遭殃。

　　　　本年發表論文三篇：一爲《辭書漏收「多」、「怕」、「捔」義項補》（見《河北師大學報》2004 年第 2 期）；二爲《評〈新校元刊雜劇三十種〉》（見《河北師大學報》2004 年第 5 期）；三爲《釋「許」》（見《唐山師院學報》2004 年第 6 期）。

前排：王學奇、張燕瑾　後排：霍現俊

二〇〇五年　八十五歲

　　一月，兒媳竇永麗提升爲天津古籍出版社正編審。

　　七日，因爲快過春節了，我校文學院，書記王貴新同志代表組織自石家莊來看我。

　　十二日，老伴的病，久治不愈，我特地給她開個藥方，題爲《十六字療法》：

多吃多睡，少發脾氣，堅持鍛鍊，信心百倍。

十六日，據共同社報導，我國釣魚島被日寇列入他們的防衛圈。還涉及沖繩島以西各島；真是囂張至極，死不悔改。對此萬不可等閒視之。我們應該早做準備，打掉他們的侵略魔爪。但兩天後，外交部在例行記者會上卻表示：關於釣魚島的主權問題，要和日本談判協商。這是什麼立場？主權還要和侵略者談判嗎？

十七日，前國家領導人趙紫陽在北京逝世，享年八十五歲，對他生前的表現，褒貶不一。

三十日，由胡玫執導的58集電視連續劇《漢武大帝》終於在這天收場了。這部電視劇，情節緊湊，波瀾壯闊，引人入勝。通過漢武帝一生的所作所為，使我對封建皇帝的認識，不禁毛骨悚然：一是他可以翻手為雲，覆手為雨；二是他為建功立業，毫不吝惜人民的生命財產；三是只知打一己之天下，不知人間有親情；四是胡亂猜疑，殘忍成性，造成多起冤案錯案。所以如此，都是由於獨裁。但這部歷史劇，很有現實意義和教育意義，值得人玩味深思。因為漢武帝的影子現在還有。

三月間，臺獨分子分裂臺灣，人大、政協討論、通過了《反分裂國家法》，大得民心、軍心，震撼了全世界，但反應不一，一小撮臺獨分子更污蔑為「戰爭動員令」、「戰爭授權法」，並叫囂，以《反吞併法》來對抗。殊不知大陸、臺灣人民同是炎黃子孫，兩岸兄弟情，源遠流長，豈是幾個跳梁小丑能分化得了的。

三月二十八日，在臺灣的國民黨副主席江丙坤率領代表團訪問大陸。這既是「緬懷之旅」，又是「經貿之旅」。是國民黨離開大陸五十六年第一次回到大陸。這個行動，給臺獨分子以沉重打擊。受到大陸同胞熱烈歡迎，

三十日，寫完《評〈詩詞曲語辭彙釋〉》，近兩萬字。這篇拙論，共花了幾個月的時間，我不比年輕人，必須考慮好了，然後下筆。初稿寫成，還要反覆調整、推敲幾次。回顧我治學的一生，就這樣一路堅持下來。今逾八旬大關，猶伏案孜孜，不知老之已至。有一首自製的小詞，題曰《自詠》，調用《長想思》：

　　　　風不停，雨不停，風風雨雨筆未停；不怕路泥濘。　　　艷陽天，
　　雲無影，萬里長空一老翁，奮力在馳騁。

四月三日下午兩點多，隨同王洪陪靜竹，乘王藍車，到小甸鎮去遊逛。一路

賞青玩景，和大自然擁抱，心曠神怡，亦樂事也。

二十六日，臺灣國民黨主席連戰，應大陸共產黨總書記胡錦濤之邀正式率團訪問大陸。爲期八天七夜，首先參拜了黃花崗七十二烈士墓、南京中山陵，又到西安、北京，所到之處，無不受到各地民眾空前的熱烈歡迎。這都充分證明了兩岸兄弟一家親，都願團結起來，「共赴振興、再造中華」的大業。

二十九日，連戰上午到北大演講，語重心長，講得很好。下午和胡錦濤會談和協商，會後發布了國共兩黨的聯合新聞公報。

五月五日，臺灣親民黨主席宋楚瑜亦應胡錦濤之邀率團來訪，爲期九天八夜。宋楚瑜的路線是西安、南京、湖南、北京、上海。五月十一日，宋楚瑜到清華大學演講，下午和胡錦濤會談。會談後，也發表了聯合公報，表示兩黨取得的共識。宋楚瑜一路走來，提出不少團結的口號，如「三解」（瞭解、諒解、和解），「三共」（共識、共生、共榮），以及「炎黃子孫不忘本，兩岸兄弟一家親」，「富強尚未完成，兩岸仍需努力」，等等。在清華大學的演講中，內容很充實，也很坦誠，並富有挑戰性。在連、宋訪問近二十天的過程中，我無時無刻不坐在電視機旁，用心觀看近日海峽兩岸所發生的一切，並爲這種情景所感染，不斷寫了些詩篇，

其一云：

連宋應邀大陸行，大受歡迎處處同。

炎黃子孫要崛起，聯手打造大一統。

其二云：

都是炎黃好子孫，兩岸本該一家親。

臺獨分子搞分裂，臺海上空起風雲。

國、親兩黨有共識，一個中國豈容分。

相繼應邀訪大陸，要與中共結同心。

會談公報一發表，奔走相告喜紛紛。

只有阿扁頻搔首，語失倫次腳失根。

十四日，接到浙江省出版社鄭廣宣編審惠寄《唐宋詞彙評》六冊，還有《詩詞曲藝術論》一冊，這對我來說，又擴大了搜尋的領域。

十九日，因連、宋訪大陸，臺海形勢爲之一變，不能不影響美國的政策。美國是什麼政策呢？爲揭穿美國的狼子野心，又寫首小詞，調寄《如夢令》

題爲《美國佬獨白》：

> 不統不獨不戰，維持現狀不變。「臺灣」這張牌，攥在手裏翻轉，
> 左轉？右轉？看看怎樣合算。

二十二日上午，我和王洪陪他母親靜竹，由王藍駕車，直趨北郊區高莊散淡散淡。高莊是在三十五年前我舉家被疏散的地方。爲了留個難以忘卻的紀念，在村裏村外，如村西一道溝、大隊部、小隊部以及原來住址附近都拍了照，沒有驚擾老鄉，便悄悄地折返了。到家後回想在高莊見到的一切，不由百感交集，寫抒懷詩一首：

> 高莊故地今重遊，往日陳跡強半無。
> 惟有街前兩隊部，衣冠未改話春秋。

二十八日下午，又乘興陪靜竹驅車到王串場正義道，這裡有我當年住過的河北師院宿舍。對我來說，這是塊災難的發源地。無端硬給我扣上右派的帽子，就是在這裡；四十七年前把我發配到黑牛城去服勞役，也是從這裡押送我上路的。這次到這裡一下車，往日的一切，便都浮上腦際。我拖著沉重的腳步，一步步捱上樓梯，想尋視一下當年陳作哲等對我的追蹤，立時便感到撕心裂肺的創痛。我呆立片刻，不知是如何是好，茫然又退出樓門。見到院內景象，也無一不使我感到物是人非、觸景傷情。我恨這個地方，但我不能忘掉它，便從各個角度拍照留影，讓它們爲我這段屈辱史作證。並賦詩一首，題爲《訪王串場故居》：

> 遠在四十七年前，災星普照正義道。
> 今日驅車來造訪，樓房還是舊面貌。
> 當年鄰居幾散盡，生面難把手相招。
> 廁兒當年小夥伴，而今亦皆年半老。
> 走上樓梯看一看，觸景傷情似火燒。
> 這是災難發源地，送我一生難直腰。
> 往事已矣難回首，此段冤情何時了？
> 惟願大樓來作證，且拍幾張紀念照。

六月四日，接廖序東兄大箚，寫道：

> 前讀兄寫紀念奔星兄的文章，知道兄與顧版權糾紛之詳情，刪掉
> 眞正作者之名，且排除其分配稿酬之實，眞乃霸道行爲，誠可鄙也！

信又云：

兄之曲辭大著，名揚海內外，實至名歸，亦盛事也。

七月六日，臺灣新黨主席郁慕明繼連、宋之後率團訪問大陸，接待規格和連、宋同，在在顯示：中華民族要團結，這是大勢所趨，是任何力量阻擋不了的。

七日，英國倫敦連續遭到四次恐怖爆炸，據報載，死五十多人，傷七百多人，震撼歐美各國，紛紛提升警備信號。

十日一早，與王藍、楊青紅陪靜竹又驅車到楊柳青散心一番，每來一次，楊柳青的面貌都煥然一新。它是天津有名的衛星城，標誌著整個天津的希望。我住在天津，我為天津驕傲。

二十五日，根據我的治學體驗，要想有突出成就，必須善於選擇，勇於放棄。這種想法，逐漸成熟，特寫出來，題為《放棄》，作為自己的座右銘：

> 人生有涯而知無涯，要想通一藝也不易。
>
> 不要妄想當雜家，雜家最怕的是刨根問底。
>
> 專心致志高精尖，必須勇於放棄。
>
> 放棄也不是都放棄，要放棄的是那些沒用的東西。
>
> 放棄也不是一下子都放棄，要看需要，分輕重緩急。
>
> 放棄得越多，越能集中精力和智慧。
>
> 精力和智慧越集中，目光才會如燭洞察問題的奧秘。
>
> 笑那些拾到籃裏便當菜的朋友，哪裏去尋珍饈美味？

九月十二日，是我和靜竹結婚五十三年紀念日，三年前九月十二日，靜竹還是個健康人，舉家歡慶我們的金婚佳節。二○○三年七月二十五日靜竹突患腦中風，身不能動，口不能言，隨之家庭的歡樂便一變而為悲戚愁苦，我受這種處境的折磨一直到現在，應該說，我結婚後前五十年坎坷的總和，也敵不過這兩年多受到的打擊。因而作詩曰：

> 金婚過後又三年，三年長過五十年。
>
> 五十年來吃盡苦，三年更苦五十年。

二十日，開始重寫論文《釋「學」》，並且對前人研究的成果，加以查對、推敲、糾正，而後補充之。對自己先發現的資料，也是如此。蓋欲傳之久遠，務期精益求精，不敢馬虎大意也。

十月十二日，神舟六號成功升空，十運會勝利召開。這次「神六」比「神五」技術更複雜，是兩人多天飛行，這標誌著中國航天技術的進步，顯示了中國的實力，提高了中國的國際地位。我表示祝賀，寫詞一首，題為《贊神

六字航員上天》，調寄《長相思》：

>　　　費俊龍，聶海勝，雙雙出征到太空，勇創不世功。　　神五號，
>
>打前鋒，神六發威更英勇，全球皆震驚。

十六日上午九時，同王藍夫婦到寧河觀光一遭。王藍去的目的是想看看小區蓋的房子，未能如願，在翠萱魚村撮一頓驅車而返。

十七日，大作家巴金在上海逝世，享年一〇一歲。他出名作皆出版於解放前，解放後度過五十六個春秋，只寫了四十多萬字的《隨想錄》，又多檢討、自責內容，想是有苦衷在，不過這也巧妙地折射出了他藝術良心的光芒。

三十日，連日悠悠，心無著落，想到日本首相小泉堅持參拜靖國神社，死不改悔，積憤堵心，不吐不快，詠詞《調笑令》一首：

>　　　小泉，小泉，反動陰魂不散。
>
>　　　堅持參拜戰犯，妄想死灰復燃。
>
>　　　膽敢，膽敢，把你狗頭砸爛。

十一月二十三日下午，王保華自石家莊來，翌日，轉道廊坊開會。

十二月三日，臺灣「三合一」（縣市長、縣市議員、鄉鎮市長）選舉，國民黨大獲全勝。在總共二十三席縣市長中，國民黨獲十四席，民進黨獲六席；在縣市議員部分，總共九〇一席中，國民黨獲四〇八席，民進黨獲一九二席；在鄉鎮市長方面，總共三一九席中，國民黨獲一七三席，民進黨獲得三十五席。這主要是由於連、宋、郁相繼訪問大陸，聯共反獨，深得臺灣民心的結果。

十三日下午，我校文學院正副書記王貴新等自石家莊專程來看我，我對領導的關懷表示感謝。

十五日起為擴大少數民族語的搜輯範圍，開始閱讀遼、金、元史。以及唐詩、宋詞、近代雜著和筆記小說，深挖細找，不遺餘力。

二〇〇六年　八十六歲

一月十二日，接到河北師大本年第一期學報，內刊有拙作《評〈詩詞曲語辭彙釋〉》，全文約一萬七千字。

三月十四日，接到唐山師院本年第一期學報，內刊有《釋「與」——兼評〈詩詞曲語辭彙釋〉》，全文約萬餘字。

三月二十日凌晨，好友蕭望卿兄在石家莊逝世。他是在十六日早晨遛彎時，跌倒路側，以致腦出血的。住院數天，搶救無效，遂成永別。他是湖南

人，清華研究生畢業，天資優異，以《陶淵明批評》一書著稱。爲人清高，不同流俗，與人無爭，是我不可多得的知交。他的故去，使我非常悲慟。援筆撰兩首詩《蕭望卿》作爲紀念。

其一云：

清華才子蕭望卿，一舉成名是《批評》。

陶潛先生若有知，也要傾服表贊同。

其二云：

不受塵埃半點侵，淡泊名利自甘心。

如此潔身自好者，當今世界能幾人？

三月三十日，好友鄥紹涵兄逝世。他生於南京，上海美專畢業。好學深思，能書善畫，不喜交遊，唯獨厚於我，他的離去，我悲不自勝，撰有《悼鄥紹涵兄仙逝》，略表寸心。詩曰：

感謝陳大嫂，得識紹涵兄。

忠厚傳道義，揮毫見藝精。

可遇不可求，是我三生幸。

正欲常來往，肺腑話平生。

奈何飄然去，突然斷音容。

從此兩茫茫，遺憾永無窮。

四月五日（農曆三月八日），愛妻王靜竹八十大壽，因她有病，不便廣邀親友祝賀，只是家人小聚，意思意思，並寫了一首歪詩，題爲《愛妻王靜竹八十華誕祝辭》，回憶往事，展望未來：

白山黑水間，你我結絲蘿。

半個多世紀，松遼接海河。

攜手抗風雨，一路唱凱歌。

喜度八十歲，何愁一百多。

五月七日九點許，和王藍乘車同去薊縣，路經南、北王坪、崔黃口鎮、寶坻縣、薊縣城內，最後上了盤山。一路攝影留念，好不開心。下午原路而返，這也可算個短途旅遊吧。

五月二十八日，天津古籍出版社開發的新項目《笠翁十種曲》注釋已初步獲得上級批准補助出版，編審竇永麗這樣通知我。

六月三十日，老友張宗信來談炒股經驗。其實他是剛剛從股市上潰退下來的敗殘兵。可貴之處，是他仍不服輸，向我宣傳了他通過實踐，總結出炒股的「五字經」，一曰「勢」，意即看股票走向的形勢；二曰「質」，意即要看股票的質量；三曰「查」，意即查閱股票資料，待瞭解了情況而後動；四曰「辨」，意即辨別傳言或宣傳的眞僞，避免上當；五曰「略」，意即要講策略。我認爲股票市場，波濤洶湧，千變萬化，常發生使人難以預料的現象，這「五字經」只可以作爲參考，而不是炒股取勝的萬應靈藥。

七月四日，我感於哈馬斯一直不承認以色列的存在，伊朗總統內賈德更是發狂言，說要把以色列從世界地圖上抹去，囂張到何種程度，這種人類相殘，殊違老天的好生之德，因有感而賦《釋生存權》一詩焉：

　　　鳥獸蟲魚萬物生，地球本是大家庭。

　　　生存權利都有份，奈何相殘不相容！

七月九日，楊青紅對我的訪談，斷斷續續，至此結束。講述我的生平經過，前後約共用七個小時。因爲是音像製品，用電視可以放映出來。若以此爲藍本，編寫電視劇，估計可以擴展到二、三十集。

七月十二日，先是巴勒斯坦的恐怖分子挖地道挖到以色列境內，打死哨所守軍，又綁架一個。另一個恐怖組織黎巴嫩眞主黨游擊隊爲配合巴勒斯坦哈馬斯對以色列的挑釁，在十二日也打死以色列巡邏兵七人，抓走二人。以色列爲了自衛，起兵還擊。於是以色列和黎巴嫩眞主黨游擊隊便進入戰爭狀態，經過一個多月的戰爭，到八月十四日經聯合國調解，戰火才停下來。這次戰爭，顯然是恐怖組織挑釁引起的，國際社會有些人閉眼不看事實，把以色列的自衛誣爲侵略。顚倒是非，混淆黑白，一至於此，豈不大謬特謬哉！

八月二十二日，伊朗就其停止鈾濃縮問題給聯合國的答覆，不但沒有滿足聯合國安理會 1696 號決議提出的要求，而且展示新研製的武器來威脅，擺出不惜一戰的姿態。因爲安理會常任理事國，意見不一，問題一直未能解決。我寫有一首詩題爲《逗你玩》，揭示了這件事的經過和奧秘：

　　　停止鈾濃縮，期限一再拖。

　　　原定八月底，今已九月過。

　　　根源在哪裏，大國不合作。

　　　歐盟索拉那，談也未談妥。

　　伊朗逗你玩，怎會有結果。

　　「和」既談不攏，「戰」也非良策。

　　究竟該怎辦？還得繼續拖。

八月間，還接到李申教授寄來本年第三期《東南大學學報》，內刊有他寫的《〈宋金元明清曲辭通釋〉簡評》。

　　九月八日，初步完成《中華近代少數民族語》，估計有十幾萬字，屬於小打小鬧。

　　九月九日，臺灣民進黨前主席施明德領導的「反腐倒扁」大靜坐開始。標誌是紅衣紅帽，坐滿格蘭大道，聲勢浩大，臺灣稱之為「紅衫軍」。

　　九月二十五日，中央電視臺公佈了對上海市委書記的處理，此前某中央常委好久未露面，既未出國，也未明言有病告假，其中蹊蹺，耐人尋味。今陳良宇「東窗事發」，想與不無瓜葛，因之，我有感焉，寫詞一首，調用《清平樂》，題為《捨卒保車》：

　　　　捨卒保車，拋出陳良宇。角色換位不稀奇，舞臺早有程例。　　歷史就是做戲，什麼是是非非！一出《捨身救主》，演得悲壯淋漓。

十一月六日寫一詩，題為《陳忠和》，詩曰：

　　　　排兵布陣瞎指揮，兩敗沙場怨他誰？

　　　　可憐猶抱冠軍夢，不知優勢今已非。

此詩批評的是中國女排主教練陳忠和，作為主教練，陳忠和很不稱職，挑選隊員的標準，不是以「能力」為標準，而是以年齡為原則，須知勝利（贏球）才是一切，年齡不起決定作用。在訓練方面，陳忠和只重「攻」而輕「守」，他不知攻守結合，才能布下天羅地網：你攻我，叫你攻不成；我攻你，一攻一個準。再者，排球是集體對集體的比賽，必須全隊配合好。跑動勤，才能以一當十，絕不能各自為政。還有知彼知己，百戰不殆，故須瞭解對手，作好應戰的準備。在前沿陣地扣球的，必須又準又狠，聲東擊西，靈活多變，避實擊虛。出其不意，攻其不備。特別是隊員一經披掛上陣，便應生龍活虎一般，全力以赴。但我最近多次在世錦賽中，中國隊出場的表現都鬆鬆垮垮，配合不力。後方隊員托不起對方扣來的球，前方進攻手扣去的球，又屢屢被封殺。不知快變，不知運用詐術。你怎麼打，球從哪個路線過去，都被對手看得清清楚楚，有足夠的時間迎擊，你焉得不敗？詩中說「兩敗沙場」，是指對俄、對德之戰，前後兩次都以一比三告負。在雅典奧運會上雖取得冠軍，

並不說明中國女排有絕對優勢，雙方臨場發揮以及心態都佔很大比重。再者歷史只是歷史，它不代表現在，更不代表將來。而且，各國女排也都在取長補短，日新月異，所以陳忠和得一次冠軍，便死抱住不放，張口閉口以衛冕冠軍說山。這種思想便是失敗的思想。

十一月二十四日，很久以來，有的朋友以為我寫了幾部書，並屢獲省級大獎，《關漢卿全集校注》還獲得第一屆國家圖書獎提名，並評定為建國以來189 種優秀書目之一。《宋金元明清曲辭通釋》更是獲得第五屆國家圖書獎辭書類一等獎，便認為功成名就，可以停步了。有的朋友勸我說：你年事已高，應當頤養天年，享享晚年清福啦。朋友的關懷，我都非常感謝。但我不這樣想，今天抽暇寫詩一首，題為《繼續前進——我唯一的選擇》，以回答朋友：

> 朋友，「功成名就」的話別再說，
>
> 你知道我幹了多少工作。
>
> 人生有涯知無涯。
>
> 在學習班上我才對號入座。
>
> 「頤養天年」的話，也別再喧聒，
>
> 我眼前的空間還很遼闊，
>
> 有多少年近百歲的大師猶為科研奮戰，
>
> 我不到九十，怎能不繼續拼搏？
>
> 我必須前進，我必須尋找快樂，
>
> 不這樣，多年養成的讀書習慣也饒不過我，
>
> 我一向是用勞動的汗水溉灌我的心田，
>
> 否則，它便會變成一片沙漠。

十二月十二日下午，我的好友廖序東教授在徐州醫院去世。這個消息是次日下午通知我的。噩耗傳來，悲不自勝。但天寒地凍，老伴有病，我實難赴徐親自弔唁，便通過電話，口述幾句悼詞，作為唁電，以表心意。十四日又電匯一百元作為買花圈的費用，同時補悼詞如下：《採桑子·哭恩兄廖序東教授》：

> 扶持提攜銘五中，不是胞兄，勝過胞兄，六十年來手足情。　忽聞上界落巨星，不是別個，正是恩兄，淚灑南天痛失聲。

（發表於《徐州楹聯》2006 年第 3 期）

十二月十五日，因為臺灣民進黨競選高雄市長，看勢頭不妙，乃使用其看家本領，導演《賄選》假案，把髒水往對手臉上去潑，藉以把選民爭取過來。這種

缺乏道德的卑劣行徑，我頗不以爲然，乃塡詞《調笑令‧揭抹黑》揭穿之：

選戰，選戰，爲贏不擇手段，看看選票要懸，馬上導演《賄選》。

誣陷，誣陷，不想露出破綻。

爲什麼民進黨在選舉問題上，出此下策，說明他們的思想水平還不具備眞正民主選舉的素質和覺悟。不過，較之假選舉，還略勝一籌。

十二月二十日上午十時二十五分著名相聲演員馬季（原名馬樹德）在北京安貞醫院因心臟病逝世，享年七十二歲。他是當代相聲界承前啓後的頭面人物，影響很大，說過一些挺有意義、挺受群眾歡迎的段子，如《五官爭功》、《一個推銷員》、《我舅舅》等。惜在十年浩劫中，也說過一些違心的相聲，觀眾不免略有微詞。

十二月二十二日，爲朝核問題六方會談第五輪會談又進行五天，（十八至二十二日）。會議雖然還沒有落實二〇〇五年九月十九日共同聲明中作出的承諾，但各方就落實共同聲明的措施和起步階段各方將採取的行動進行了有益的探討，各方的觀點得到進一步接近。我認爲問題的解決，又難又不難，主要看美國的態度。如果美國取消制裁，在經濟上給朝鮮以支持，彌補其損失，則問題可迎刃而解。

十二月二十三日，安理會一致通過 1737 號決議，要求伊朗立即停止所有與鈾濃縮、重水反應堆有關的活動，世界各國對進出伊朗的與鈾濃縮、重水反應堆和彈道導彈相關的物資、技術和設備實行禁運。還要求各國凍結與伊朗核計劃和彈道導彈項目有關的人員和公司的資產。還要求有關人員的出入境時進行嚴密監督。這個要求，是聯合國安理會一讓再讓的結果，但仍遭到伊朗嚴詞拒絕。總統內賈德甚至說，這個決議書不過是被撕碎的破紙而已。看來伊朗核問題比朝核問題要難解決得多。朝核問題，朝鮮人還坐下來談，伊朗一聽到讓它停止核活動，則暴跳如雷，連罵帶卷，不惜傷害爲它說話的友邦。這對它自己有什麼好處？就美國而言，對朝核、伊朗都硬撐著，朝鮮讓步，先予解決，然後再專對付伊朗。對伊朗必須認眞對付，因它佔據中東位置非常重要，國強民富，又野心勃勃，如果放縱了它，後果不堪設想。

二〇〇七年　八十七歲

一月四日下午，我校文學院書記王貴新同志同副院長張寶明同志自石家莊來津慰問。

一月七日，**竇永麗**拿來天津古籍出版社《笠翁傳奇十種校注》的出版合同，上寫明期限二○○七年年底交稿，二○○八年八月出版，當即簽約。

一月三十一日起暫停《少數民族語》工作，開始專注李漁《風箏誤》。

三月十八日，河南大學教授在百家講壇講漢代公孫弘的其人其事，講到他做事善於妥協，這與我的處事態度不謀而合。「妥協」不是示弱，不是投降，而是制勝的法寶，是在人際關係中極端重要的策略。我過去是如此奉行的，今後還繼續做我的行動指南。

三月二十三日，接《河北師大學報》兩本，內載有拙作《再釋「是」》一文，約 17000 字，這是我長期經營的論文。因為我在二○○二年，在《辭書研究》上發表過一篇《釋「是」》的短文，這次經過擴充，重新發表故曰《再釋「是」》。

四月八日，接到貴新同志電話，說河北省要舉辦社科特別獎，學校準備把拙作《宋金元明清曲辭通釋》上報參評，要我準備材料，次日來取，後果於十三日來津取走。

四月十四日上午，王藍同我到古籍書店及圖書大廈，搜尋一下我需要的書，結果失望而歸。

四月十五日下午兩點多鐘，我和靜竹王紅、王藍一同去當年被疏散的郊區高莊一遊，但未進街，只在村邊望一下，車即掉頭折返。這是我們自上世紀一九七七年離開高莊後第四次重遊舊地了。

五月二日下午三點多鐘，乘車到楊村一遊。

五月十三日，第四次遊楊柳青，照了很多相。這也可算是我給後人留的紀念吧。

五月十五日，因注解《憐香伴》有感，而作詩一首。詩云：

> 昔讀《牡丹亭》，詞義多隱晦；
>
> 今注《憐香伴》，句句費猜疑；
>
> 用典增障礙，害人亦害己；
>
> 何如用直白，效法《西廂記》。

《憐香伴》作者李笠翁，在創作用語上，是主張明白如話，通俗易懂的。他說：「其句則採街頭巷議，即有時偶涉詩書，亦係耳根聽熟之語，舌端調慣之文。」理論上如此說，實踐上還有距離，比之湯顯祖雖稍勝一籌，亦不過「以五十步笑百步」耳。

六月一日，北京師大古籍所，在李修生教授主持下，整理出版了《全元文》，全書共 5000 萬言，約我前去參加盛會，因不能分身前往，表示遺憾，並致賀忱。

　　北師大古籍所：

　　《全元文》的出版，是新中國建立以來最光輝奪目的事業，它不僅發揚了元代文化，對整個中國文化的提高和普及，都將起著廣泛而深遠的影響。

　　《全元文》的編纂，由著名學者李修生教授主持，團結北師大古籍所全體同志，協力攻關，精益求精，歷經十七年的艱辛努力，終於完成了這一卷帙浩繁、洋洋數千萬言的古籍整理任務。這種精神，這種魄力，使我深受啓迪和激勵，更令我無限欽敬。

　　辱蒙邀請參加盛會，眞不願意放棄這次學習機會，只因老伴患腦血栓症，身不能動，口不能言，須人照顧，一時難以分身，故特上函，深表歉意，望予諒解。並謹以至誠恭賀大會圓滿成功。

六月七日，注解《憐香伴》，因李漁用典太多，還有的查不到，查到的與曲文也不貼切，因此要注清楚曲白中的詞語，實在太費思索，特製小詞以記之，調用《如夢令》：

　　一字一詞一句，一心一意面對。

　　本意何所指？夜以繼日探秘。

　　探秘，探秘，又是一夜沒睡。

六月二十九日至七月十四日，河北省社會科學特別獎專家評審結果在網上公示十五天。被評上者三人，即王學奇、賀國慶、楊寶忠。對拙作《宋金元明清曲辭通釋》，專家評審會推薦意見是：

　　王學奇、王靜竹先生畢生從事戲曲語言研究，所著《宋金元明清曲辭通釋》一書在長達 300 多萬字的篇幅中，收入曲辭 10000 餘條。該著作打通宋以後歷代曲學發展的時代界限，引例廣博，縱橫結合，在長時段的發展和比較中既闡明曲詞意義，又揭示曲詞演變規律，被學術界譽爲曲詞研究的集大成之作，在近代漢語研究和中國當代曲詞研究方面「具有劃時代的意義」。專家評審會一致同意推薦該書爲河北省社科學特別獎備選成果。

七月十日，與朋友談論，說股票一經炒作，這就火爆上升，想不到這椿法術又被士林中的敗類盜用，於是本不見經傳的小丑，一夜之間，盡成名人，有一支《如夢令》小詞這樣揭露：

　　　　朽木糞土是你，雞鳴狗盜是我，

　　　　一經巧炒作，雙雙變成學者。

　　　　學者，學者，原來都是賴貨。

更有甚者，有些贗品已經被炒作上了，猶感未足，又利用百家講壇，物色同道，進一步炒作，這也有支詞題做《如夢令托》嘲笑他（她）們：

　　　　甲誇乙是新秀，乙捧甲是泰斗，

　　　　配合多麼好，兩個跳梁小丑！

　　　　小丑，小丑，古今中外少有。

七月三十日，古書上孫子說：「知彼知己，百戰不殆。」因此我常常朝思暮想，想認真審視自己，始終不得明確結論。今夜醒得較早，我好像忽然聰明起來，驚訝地看到了我自己模樣的輪廓，原來不過如此，有什麼了不起，隨即寫一篇《自嘲》詩如下：

　　　　去做官，沒興趣；想發財，缺算計；

　　　　炒股票，總吃虧；創學派，人不齊。

　　　　轟轟烈烈幹一場，更非我輩所能為，

　　　　七十二行哪行行？廢物一個差不離。

　　　　茫茫大地何所往？可憐打入故紙堆。

　　　　九死一生不知悔，一支禿筆舉到底。

　　　　即使寫成幾部書，也將伴著地球化成灰。

九月七日下午，改裝暖氣管道。本來管道埋在地下，從牆壁通向居室，很現代化的，這一改，院內到處豎起鐵架子，樓道和室內橫七豎八，都是塑料管，很礙觀瞻。這還不說，我是近九十歲的人了，滿屋的圖書和書架，哪裏倒騰得動。為換幾條管子，前後折騰了我十多天，有一首詩題為《暖氣管道改裝記》記其事：

　　　　暖氣管道要改裝，九家倒有十家忙。

　　　　滿架圖書大搬家，移床挪櫃屋中央。

　　　　搞得沒有下腳處，終日只聽鑽聲響。

　　　　勞民傷財誰管得，只為貪腐開綠窗。

九月十二日，是我和靜竹結婚五十五週年的日子，每逢這天，我都要用詩祝賀我們自己。今年的詩，題爲《婚後五十五年搏鬥記》：

結婚五十又五年，長白、燕山、海河畔；

頭頂腥風和血雨，轉戰各地鬥志酣；

不怕清名遭誣陷，笑看爲我行「加冕」；

不怕痛打落水狗，我只看作是鍛鍊；

天生我才必有用，螳臂擋車枉阻攔；

忍辱負重權時計，臥薪嘗膽爲明天；

開闢京津兩戰場，分進合擊大會戰；

報導前鋒已過江，又值日月換新顏；

如今時代又歸我，任我揮毫譜新篇；

《釋詞》《關集》齊亮相，刮垢磨光《元曲選》；

每一書出聞風走，電閃雷鳴達四遠。

甫入二十一世紀，更拋《通釋》賽核彈；

擲地一聲如霹靂，五洲四海皆震撼；

國家評爲一等獎，敢和諾獎比比看；

孰料才得吐口氣，戰鬥夥伴身癱瘓；

足不能動口失語，興盡悲來淚洗面；

從此泣別管城子，滿架圖書皆掩面；

全心撲在護理上，幫助戰友度難關；

漫長四年如一日，接屎接尿從未斷；

吉人天相非浪語，病情已見大逆轉；

待到元氣全恢復，夫妻聯手再大幹；

摩拳擦掌做準備，再創輝煌已不遠；

願我好友同歡呼，硬漢永遠是硬漢。

十月十五日至二十二日，中國共產黨召開黨的第十七屆全國代表大會，最後選出新的黨領導：黨的總書記爲胡錦濤，黨中央常委爲胡錦濤、吳邦國、溫家寶、賈慶林、李長春、習近平、李克強、賀國強、周永康。政治局委員除以上九位，還有王剛、王樂泉、王兆國、王岐山、回良玉（回族）、劉淇、劉雲山、劉延東（女）、李源潮、汪洋、張高麗、張德江、俞正聲、徐才厚、郭伯雄、薄熙來。中央書記處書記習近平。中央軍事委員會主席胡錦濤、副主

席郭伯雄、徐才厚。中央紀律檢查委員會書記賀國強。這個名單比第十六屆所選，又有些新面孔，又進一步年輕化。老百姓也希望他們爲國爲民多做些好事，特別是反貪腐要徹底一些，切莫走過場。

　　十一月十五日，有兒媳的師大同學李連祥同志用業餘時間寫成一部大書《唐詩常用詞詞典》，求我寫「序」，我嘉其志並奮鬥有成，慨然許之。序曰：

　　　　《唐詩常用詞詞典》這部一百多萬字的巨著，包括詞目近四千條。是作者歷經二十餘載完成的。在成書過程中，增刪損益，反覆推敲，精益求精，務求完美。其間較大的手術就動過十餘次。現在終於大功告成，可賀可賀。

　　　　這部書的主要特點：一是全部詞目，都是從唐詩中反覆篩選，廣大讀者急待解決的常用詞語，以及詩中的特殊用法。二是每個詞語，都是先出釋義，後引書證，再引唐詩例句。每個詞條，均引用五條以上的例句，以資取證，並可收互相發明之效。三是通過釋文，唐詩中凡涉及成語典故、名物制度、音樂舞蹈、書法繪畫、名勝古跡等，皆廣爲收錄。可以說這是一部融知識性、學術性、教育性於一爐的小型百科全書。四是注重吸收前賢和時賢的研究新成果，同時，於書後還附有主要參考書目，以便讀者查證，這表明作者的認眞負責態度。總之，是一部嚴謹的科學著作，也是一部信息量極爲豐富的著作。它既給廣大唐詩愛好者掃除了語言障礙，也給唐詩研究者提供了大量參考資料，眞可說是雅俗共賞，是近年來不可多得的佳作。

　　　　就是這樣一部實用價值廣泛的巨著，需要付出大量勞動力的巨著，誰也不會想到它竟然出自一個業餘作者之手。在當前浮躁之風靡漫全社會的大背景下，本書的作者一反流俗，沒有把寶貴的業餘時間揮霍到打撲克、下象棋、飲美酒、品咖啡、侃大山上面，而是甘心坐冷板凳，伏案孜孜，廢寢忘食，不避嚴寒酷暑，幾十年如一日。這是什麼精神？這是熱衷社會主義文化建設的精神，是爲實現自己的人生價值而奮力拼搏的精神。《唐詩常用語詞辭典》就是這種精神的產物。有了這種精神，無事不可爲。我敢預言，作者在文化事業的道路上，將有更大的貢獻。

還必須補充說明，作者在利用業餘時間創此奇迹的同時，作者還是，做好本職工作的表率，並有突出成績。例如，在罪犯特殊教育方面，他首先開辦業餘文化學校，在全市監獄系統率先組織罪犯參加高校自學考試，從而培養出不少改過自新、爲國家服務的後備力量。此外，還參編過《天津監獄史》，獨立發表過《淺談監獄改造文化內涵的發展》等，這對於指導今後的監獄工作，很有參考價值的。

誠然，如莊子所說：「吾生也有涯，而知也無涯。」而且辭書工作戰線很長，需要補充、完善的地方不少，故需繼續努力。我願以此和作者共勉。我已年屆九旬，與作者是忘年交，通過這部書，我更親之、信之，故樂爲之序。

十一月二十二日，同振清去萬新村武警醫院看望好友張永欽。據說他這次一入院即下了病危通知。通過支架手術後，才恢復正常，我們見面他已談笑自若了。

十二月一日，老伴進環湖醫院輸液，屋中只剩我一人，頓感孤獨寂寞，爲排遣煩惱，寫一首小詞《長相思・孤獨》如下：

形隨影，影隨形，轉來轉去孤零零，人去滿樓空。立不安，坐不寧，六神無主枉自撐，默默對孤燈。

二〇〇八年　八十八歲

一月二日，校注《笠翁傳奇十種》。上年已確定下來了。本年的重頭戲，便是完成這件注釋工程，因爲是大兵團作戰，參與者良莠不齊，使我做主編的，審這部稿子，很是吃力。但爲對讀者負責，對出版社負責，同時也是對自己負責，我必須負起責任來，嚴格對待。今天帶病審稿子，可使我吃了不少苦頭。有一支小詞爲證。調寄《長相思》：

搶時間，反拖延，咳嗽連聲筆發顫：搖落八丈遠。　　審一遍，喘三喘，喘後繼續闖三關；難越校、注、點。

自此以後，便不斷接到石家莊寄來的注稿，硬著頭皮審讀這些稿子，問題紛呈，一時難以解決。

一月十三日，臺灣民進黨競選立委，名額不及藍營三分之一，落得慘敗。有一首打油詩嘲之：

貪腐政權達八年，經濟崩潰底翻天。

惹惱兩千三百萬，大施懲罰陳水扁。

立委競選遭慘敗，下屆總統更無緣。

當家不爲民著想，要他幹屁快滾蛋！

一月二十日，阿扁雷厲風行，大肆叫囂去中國化、去蔣化，一心想分化臺灣，但竟遭慘敗，給了他致命的回擊：要搞臺獨，此路不通。但冥頑不化的阿扁，在想什麼呢？有支《長相思‧阿扁歎》揭露了他的詭計：

想臺獨，盼臺獨，緊鑼密鼓促臺獨；大選綁公投。　　　天也怒，
人也怒，群起而攻反臺獨；臺獨是死路！

一月二十六日，《今晚報》載：中國科學院院士吳徵鎰先生，經過四十年（1959—1997）的奮戰，完成一部專著《中國植物志》，共 80 卷 126 冊，5000 萬字，5000 餘幅圖版，301 科，3409 屬，31155 種植物。該書爲中國 960 萬平方公里土地上的一草一木，一花、一葉，都建立起「戶口本」，基本上摸清了中國植物的家底。因此，吳被譽爲中國植物的「活字典」。

我讀了這段報導，欽佩吳老的治學精神和卓越成就。不難想像，如果我們，科學界同仁都能像吳老那樣，長期堅持，鍥而不捨，必能有所前進，有所創造，我們國家的文化，該會多麼繁榮昌盛！遺憾的是：有些科學工作者，往往淺嘗輒止，畏難而退，或見異思遷，改弦更張，或誇誇其談，華而不實，形成不了百家爭鳴、百花齊放的局面。聯繫到我自己，雖然我也堅持了，也寫過幾本書，對戲曲語言的研究，算是有所貢獻，但比起吳老來，眞不啻是小巫見大巫了！今後必須加倍努力。否則將汗顏無地矣！

目前我國的南方（兩廣、兩湖、貴州、安徽）大雪，截止到今天（一月二十九日）已半個多月了，造成大面積斷電、斷水；鐵路、高速、機場不通；房倒屋塌，損失巨大。這次，大自然給人造成的災難，較之 1998 年長江大泛濫有過之而無不及。據說二月份，還要降幾場雪。面對長江流域，近年來不斷發生的，過去從沒有過的自然災害，人們不禁要問，這是爲什麼？據說這是因長江大壩，破壞了生態平衡。但這只是一種疑問，不敢當做科學論斷，怕觸怒了當時力主建壩的長官。

二月，我主編的《笠翁傳奇十種校注》正在進行中，爲配合校注，還要寫個序，要求從李漁傳奇的內容上加以剖析，以加深讀者的理解。於是我寫了《論李漁的喜劇創作》，這篇序文，就作品論作品，與作品無關的人身攻擊

概不涉及。因為同時代人說的話，往往有失客觀：文人相輕者有之，恩恩怨怨者有之，黨同伐異者有之，造謠誣衊者有之，如果把這些灰塵帶進評論中去，就要掩蓋作品的光輝，對作者是不公平的，所以我的評論原則，對具體作品做具體分析，實事求是，力圖恰如其分。

二月七日，接到北京師大校友總會辦公室編纂的 2008 年第 1 期《師大校友簡報》。《簡報》中說，經研究決定：「為激勵校友弘揚母校的光榮傳統，為母校、為社會和國家作出更大貢獻，在建校 105 週年之際，北京師範大學進行了第九屆榮譽校友的表彰。362 位校友榮獲『北京師大第九屆榮譽校友』光榮稱號。」流覽之後，發現我的名字亦榮列其中，還發現幾個熟悉的名字，如許嘉璐、謝軍、劉琦、柳斌傑、王學勤、王光美、王光英、蘇寶榮等。這個表彰自然是對我的鼓舞，同時也是對我的鞭策。督促我：要繼續前進，永不停步。

二○○八年這一年的開頭，對我國來說，並不順利，繼一、二月份南方雪災之後，接踵而來的便是人禍。從三月十四日起，一小撮西藏叛亂分子，受境外達賴喇嘛的煽動，首先在拉薩市打砸搶燒，瘋狂鬧事。接著在四川省阿壩縣、甘肅省甘南地區，依照拉薩市暴亂的模式，如法炮製，甚至打出西藏要獨立的旗子。在國外有十七個外交領事機構，也遭到藏獨分子的暴力衝擊，其囂張氣焰，達到極點，但西方各國在當時也不懷好意地說三道四，惟恐天下不亂，但他們都打錯了算盤，藏獨的叛亂，不久就被平定下來。各族人民的生活又歸於平靜。

三月二十三日，臺灣地區領導人選舉，結果國民黨馬英九獲勝，得票 765.87 萬張，占 58.45%；民進黨謝長廷，得票 544.52 萬張，占 41.52%。馬英九上臺後，雖開啟了兩岸和平發展的新時代，但馬英九高喊「不統、不獨、不武」的口號，這實際是另一種形式的臺獨，達到真正和平統一，還有很長的路要走。

四月十日，馬英九表示，他不准備到大陸談判。原因有二：一是說海峽兩岸轉暖，還需要若干年；二是擔心他來大陸，島內必會謠言四起。他這兩點表述，我看是真心話，也是策略，想試探一下各方特別是大陸的反應。但我認為時間不管多久，海峽兩岸必須實現統一。臺灣的前途，必須和大陸聯合到一起，才能達到共存共榮的目的，除此，別無出路。至於如何能統一起來，我想，雙方都應該忘記過去，從頭開始，用真誠、用智慧，考慮出最恰

當的雙方都樂於接受的方式統一起來。海峽兩岸同胞的血管裏，流的都是炎黃祖宗的血，同文同種，有什麼解不開的疙瘩呢？真正是一家人，利害攸關。如果倚靠美國，制衡大陸，實際是寄人籬下，苟延殘喘，是沒有好下場的。美國的政策，首先是以美國利益爲前提，而不會把臺灣同胞的利益放在首位。政策是隨著形勢走的。一旦形勢變，美國馬上就會翻臉。過去在內戰時期，國民黨尙擁有八百萬軍隊的實力，不是照樣被美國拋棄了嗎？試想，美國能爲臺灣彈丸之地，犧牲他自己的利益嗎？看看美國的過去，就知道美國的現在和未來。臺灣同胞，必須清醒，美國是絕對靠不住的。再者統一，並不意味著誰吞併誰的問題，也不存在誰矮化的問題。

　　四月十三日，閱報知胡錦濤在海南博鼇與臺灣副總統蕭萬長會面，關於兩岸問題，蕭提出十六字方針，即：「正視現實，開創未來，擱置爭議，追求雙贏。」對話結束時，胡請蕭向馬、吳、連問候。看來，這個開端是好的，兩岸從此便可以步入互諒、互信，互利、互助的新時代。展望前景，可喜可賀。因賦小詞《清平樂·團結》一首，以表祝賀：

　　　　形移勢變，早該拋宿怨。團結奮鬥向前看，一路春光無限。　　五
　　十六個民族，雄跨海峽兩岸。誰敢說個「不」字？把他狗頭砸爛。

這一年，我國眞是禍不單行，繼年初南方鬧雪災，三月裏藏獨叛亂，於五月十二日下午二點二十八分，在四川汶川發生了八級大地震，波及雲、貴、陜、甘、桂、鄂、幷遠及上海、臺灣。雖然爲搶救幸存者，國內外的搶險隊，不避艱險，紛至沓來，但死亡人數，仍不斷攀升。在搶救過程中，八方支持，前赴後繼，奮不顧身。壯烈的場景，隨處可見，動人的故事，不斷傳來。有位名叫陳啓志的《短歌行》（汶川地震感懷）這樣寫道：

　　　　地母一怒，千里遭殃。山崩地陷，橋斷人亡。災情如火，震驚
　　中央。人命頭等，代價無商。人民總理，指戰危場。情化心雨，勵
　　志扶將。不捨晝夜，先遣戎裝。物援馳騁，百業八方。通力協作，
　　高層引航。人民罹難，星悲月愴。瀕危獲救，春日載陽。心手相牽，
　　善舉共襄。民族精魂，臨難明彰。

我亦情動乎中，不吐不快，乃填一小詞《清平樂·搶救》如下：

　　　　四川汶縣，觸目不忍看，牆倒屋塌一片片，不斷傳來聲喚。　　賴
　　有八方同胞，爭先恐後馳援。沿著聲喚去處，要把頑石鑿穿。

五月二十六日，臺灣中國國民黨主席吳伯雄應邀率團於當日下午抵達南京。

前在汶川地震發生後，吳就代表國民黨中央於第一時間表示關切和慰問，這次來訪必將有助於國共兩黨進一步交流、對話，進一步共同努力，推動兩岸關係和平發展。

六月十一日，臺灣海基會董事長江丙坤率代表團於當日下午三點抵京，與大陸海協會會長陳雲林簽署「包機」「觀光」兩個文件。這雖是和平發展的第一步，但卻是重要的一步。展望前景，風光無限，欣喜之餘，又賦一詞《清平樂・長征》以賀之：

> 雨過天晴，百花競芬芳；海峽兩岸齊歡呼，落實「包機」
> 「觀光」。 簽約只是緒論，續有大塊文章。
> 看我中華民族，攜手共創輝煌。

六月二十二日，天氣熱起來了。《笠翁傳奇十種》校注稿，密集送來，我作為主編只好冒著酷暑，伏案孜孜，審讀這些稿件。凡體例、注釋（注義、注音）、校勘、標點、正誤、補漏、去冗、修辭等方面，都得仔細推敲，精心運作，雖廢寢忘食、汗流浹背而不顧。過去我主編《關漢卿全集校注》和《元曲選校注》時，也都是本著這種要求去做，務期把較差的稿子填平補齊，如出一手。通過多數人合作寫書，我也發現不少缺點：其一是有的人工作不認真，分稿費時，卻很積極，當仁不讓。其二是有的人只是參編，只搞一小部分，在背後卻冒充是全書的作者，且以沽名釣譽。這些我都心知肚明，不去揭破，保全他們的面子。

六月二十九日，因感而發，寫《述懷》一詩。詩中歷數我悲慘遭遇，但我仍抱著樂觀的態度面對一切，不會因抑鬱而倒下，我永遠要高昂著頭做人。勇往直前，不知老邁。下面這首詩，這樣描繪著我自己：

> 一年復一年，忽已九十多。百歲大壽考，亦將轉眼過。
> 回顧大半生，自詡還尚可。從不圖吃穿，專心搞著作。
> 熱情待親朋，願同奮六翮。奈何命太壞，災星總找我。
> 先是扣右派，有理沒處說。折磨成「死狗」，文革不放過。
> 勒令服苦役，陪鬥花樣多。飢啃酸饅頭，含淚咽折羅。
> 跑肚又攛稀，誰管你死活！如此二十載，人權全被奪。
> 所賴心路寬，闖過鬼門關。留得殘軀在，死灰又復活。
> 心廣坦蕩蕩，老賬一齊抹。舉目望前面，闊步震山河。
> 大道直如發，越走越寬闊。靈感如春潮，一波接一波。

都在催我寫，當代「滕王閣」。滿身夕陽紅，甘願陪伴我。

若不建新功，太陽誓不落。

八月八日至二十四日，第二十九屆奧運會在北京召開。這次運動會開得有聲有色。中國運動員大顯身手。據統計：中國得金牌 51 塊，美國得 36 塊，俄羅斯得 23 塊，英國得 19 塊，德國得 16 塊。開幕式動員人數之眾多，場館建設之豪華，場面設施之盛大，表演者所用道具之奇特，服裝之鮮豔奪目，遠遠超過以前歷屆奧運會，贏得國際社會之讚揚，顯示了中國的實力。不可否認，這對擴大中國的影響，有其積極作用，但我總覺得如此鋪張，得不償失。我認為大肆炫耀給外人看，不如把這些錢節省下來，用於經濟投資和擴充軍力及研發武器。按照我們的國情，在外交上仍宜採取低調：一要不聲張、不顯示、不誇富；二要守住自己的攤，不要急於當老大；三要臥薪嘗膽，艱苦奮鬥。必須清醒認識到：鮮花嚇不走敵人；保家衛國，靠的是堅船利炮。

八月三十日，我老伴靜竹去人民醫院輸液。九月十日起改在家裏輸，蓋老人苦於折騰也。

九月四日上午九、十點之間北京社會科學院出版社編輯部郭沂紋、史慕鴻兩同志來談稿子問題，她們表示希望重印《元曲釋詞》和出版增訂本《宋金元明清曲辭通釋》。出增訂本《通釋》沒問題。但出《元曲釋詞》，如不改變作者署名，我難於接受，結果沒有談攏。關於《通釋》的稿酬問題，我不願倚仗此書曾獲國家一等獎，就借機撈一筆，只要求比原原稿酬略高一點。結果兩位客人滿意而去。九月二十四日，二人又來，出版社領導的意見，出版事宜，進一步落實。

從此以後，我除了積極處理《笠翁傳奇十種》的校注稿，又把如何增訂《宋金元明清曲辭通釋》的任務寫在我的工作時間表上。兩下夾攻，我就更忙了。

二○○八年，不僅是中國的多事之秋，到第三季度，又爆發了全球性的經濟危機，表現最突出的就是美國。美國雷曼兄弟兩公司，資不抵債，申請破產。美國權威經濟學家格林斯潘稱美國金融危機百年一遇，等等。這不禁使人想到 1929 年美國經濟大蕭條的情景。想在短期內挺過去，未免天真，應該說這是美國衰落的開始，動搖了他的霸主地位。

九月二十五日九點十分四秒，神舟七號飛船載三人飛天。追想起來，神舟五號載一人，神舟六號載二人，如今神舟七號載三人，說明我國航天事業

如此迅猛發展，與美國經濟衰落適成鮮明對照，如何不使我心情激蕩，精神振奮，不由口占小詞《如夢令·探秘》一首，表示我的興奮：

神五神六神七，一步一個足迹，

接力奔九天，探索宇宙秘密。

探秘，探秘，尋找新的天地。

十月二十一日，大陸海協會副會長張銘清應邀到臺灣參加研討會，被民進黨率領一夥暴徒毆打。從民進黨種種惡劣表現來看，實際是一群流氓無賴的混合體，沒有理性，不辨是非，算不上合格的政治組織。對此，國臺辦立即作出反應，要求嚴懲兇手，決不能姑息養奸。民進黨，所以如此囂張，我想是一味專講和平發展造成的。必須採取兩手政策。兩手政策正如車之兩輪，鳥之兩翼，缺一不可。

十一月三日至五日，陳雲林和江丙坤在臺北簽署四個文件（三通及食品安全等問題）。

十一月五日，奧巴馬當選美國總統，他是個年輕氣盛又幼稚的混小子。沒有經驗，在複雜多變的國際衝突中，暈頭轉向，不知所措。當他用動聽的語言騙選民時，我就預言他必定在無情的現實中碰得焦頭爛額，後來事實的發展，果然證明了我言之不謬。

本年發表三篇論文：一是《〈清史稿〉中的滿語、蒙語和藏語》（見《河北師大學報》2008 年第 2 期）；一是《遼金元史書中的少數民族語》（見《唐山師院學報》2008 年第 3 期）；還有一篇寫的也是少數民族語，發表在蘇州大學學報，因未寄刊物來，不記得論文題目了。

二〇〇九年　八十九歲

一月二日，自上年二月二十七日開始到今天，以色列接連八次轟炸加沙，進行對哈馬斯以血還血的報復，哈馬斯損失慘重，兩位高官斃命；軍民死 430 人，負傷 4000 餘人。這到底怨誰呢？起因是由於哈馬斯不斷襲擊以色列，必欲除掉而後快，為了自衛，以色列不得已而回擊。

衝突到第五日，以軍包圍了加沙，進行巷戰。短兵相接，血肉橫飛，好不慘烈！硝煙既起，一些不主持公道的個人、集體和國家，都片面地譴責以色列。不問起因，只看結果。這如何能叫以色列心服？因而不但無補於調解，

反更火上加油，推動戰火越燒越旺。猶太是個古老民族，猶太人自失國後，到處流浪，受盡屈辱，法西斯希特勒曾殺害 600 萬猶太人。1948 年建國後，又受圍攻，不容許它的存在，時至今日，哈馬斯仍頑固堅持這種滅絕族群的觀點。甚至有的叫囂，要把以色列從世界地圖上抹掉，我頗不謂然。曾寫過一首小詩，題爲《釋生存權》，以表示我的不平：

> 鳥獸蟲魚萬物生，地球本是大家庭；
>
> 生存權利都有份，奈何相殘不相容？

一月八日，寄款給石家莊的霍現俊，托他代我購房（即河北師大分配給我的宿舍）。學校早就號召教職員工出錢買下自己的住房，在別人早已照辦了，只有我一拖再拖，一直拖到現在。

　　一月九日，終於實現了我久欲回故鄉看看的宿願。我的故鄉是北京密雲縣西田各莊，是個大村，解放前就是區公所所在地。我離別故鄉將滿七十年。我這次在驅車北返的路程上，心裏想的都是西田各莊的一派令人振奮的新氣象，那裡料到卻是髒亂、破舊、擁擠，使我大失所望。因此，當時沒有興致去寫下這段「回鄉曲」。一直到一年後才成此小詩，題爲《故鄉行一百韻》，補足這段歷史：

> 闊別七十載，悠悠故鄉情。欲回多少次，惜皆未成行。
>
> 年已登九旬，勢難再從容。相思汩汩至，熱血如泉湧。
>
> 即命兒駕車，不怕大北風。決心既已下，終遂故鄉行。
>
> 遙遙數百里，一程望一程。想像新面貌，一景勝一景。
>
> 恨不插翅到，一覽故鄉容。及至車至村，如鼠走迷宮。
>
> 東西兩井沿，覓迹渺無蹤。再尋北影壁，去向亦不明。
>
> 我家在何處，沒出小胡同。我的出身地，何以無蹤影？
>
> 越思越生疑，猶疑在夢中。停車暫且問，幸遇一老翁。
>
> 笑問「何處來」？我答「天津城」。「天津」字未落，驚呼我大名。
>
> 原來我寫書，早傳遍鄉中。此老近七旬，同姓又同宗。
>
> 論起輩分來，呼我作祖公。邊行邊答語，沒費幾分鐘。
>
> 再三申謝意，送我至家中。新主適不在，駐足院中等。
>
> 借機細觀看，今昔多不同。宅基雖照舊，房舍已改形。
>
> 再尋碾子磨，雙雙已失蹤。豬圈亦不在，但聞犬吠聲。

西廂已推倒，想亦非壽終。面對此一切，如何不動情！

往昔多少事，曾在此發生。而今皆已矣，都變一場空。

未幾新主到，邀我至客廳。爲見不速客，近鄰頻走動。

一撥接一撥，爭要來探聽。滿屋老相親，俱是生面孔。

盤起輩分來，林致學萬成。「林」「致」皆作古，「學」亦若晨星。

「學」字我最大，齊尊活祖宗。歲月曾幾何，代代迅傳承。

焉知十年後，不換新祖宗。感此暗長歎，舉座默無聲。

幸賴新主人，待客情意濃。願共乾一杯，化愁轉高興。

盛情難推卻，車發密雲城。沿街是高樓，馬路處處通。

何時我再來，城鄉一片紅。

一月十二日下午四點左右，我校文學院書記、院長王貴新、趙金聲、閻福玲等專程自石家莊來津慰問我，一年一度在春節前照例帶來些禮物，表示對退休老教師的關愛。

一月二十一日，美國新總統奧巴馬就職演說，滿口都是對選民動聽的許諾。他提出「拍掉灰塵，重塑美國形象」的口號，表示他要大幹一場。但前面的小布什發動兩場（伊拉克、阿富汗）戰爭，大傷元氣，又趕上經濟危機。我敢斷言，奧巴馬的新政，推行不會順利。年輕氣盛，當不了實力，口頭許諾要接受實踐的考驗。我當時認爲：在國際上關繫上必須和中國合作，遺憾的是：他沒照我的預期做。他出爾反爾，反覆無常。

一月下旬，接近春節，家家都在忙著過新年，我卻不感興趣，除夕前一日，寫首小詩，題爲《過年》，聊抒胸臆：

一年復一年，流光賽閃電；

不見學問長，但見皺紋添。

時間已不多，重任猶在肩；

只有拼老命，一日頂百天。

無意戀酒肉，奮筆當過年。

這裡所謂「重任」就是指增訂《宋金元明清曲辭通釋》這件大工程。具體言之，做好以下增加新詞，補充舊稿，訂正錯訛三部分工作：增加部分，要寫出新詞 1500 條（如把附目計入，當在 2000 條以上）；補充部分，要對義項、釋例、釋文、同一詞義的不同寫法以及詞義的窮源竟委等方面，均予以適當補充；訂正部分，要統一體例，改正錯訛。完成上述三部分工作，將可以看

到增訂後的新版《宋金元明清曲辭通釋》，書的規模，從初版的三百多萬字要上升到四百多萬字，詞條要從原書的的一萬條擴充到一萬二千條；書的內容要比初版本，更完善、更系統、更翔實；文字校對要比初版本更精確。總之，增訂本《宋金元明清曲辭通釋》數量、質量都要「更上一層樓」，以全新的面貌，呈現在讀者面前，必將比較長期地接受歷史的考驗。

三月，拙編《笠翁傳奇十種校注》由天津古籍出版社大批量出貨，（扉頁上標有二〇〇九年一月第一版，我得樣書是在二月末），此書共約 150 萬字，爲國家古籍整理出版「十一五」重點規劃項目，並獲得國家古籍整理出版專項經費資助。本書的出版，議者認爲對研究中國戲曲史，以及今日的戲劇發展，均有借鑒作用。多年來，學界將研究熱點多放在元明戲曲，而對清代戲曲，特別是李漁戲曲的研究還很薄弱，至今尚無一部李漁戲曲全集的校注本，此書的出版，無疑填補了這方面的空白。

四月十二日，接到河北師範大學本年第二期學報，內中刊有拙作《釋「學」》，該文雖不長，但卻是我長期經營的產物。全文列有九個義項，其中有五個義項，竟不見已出的各大辭書，這說明通過發掘、研究求得確解且寫成一部像樣的大詞書，委實任重而道遠。

四月十五日，王藍陪我到建昌道醫院看病，照了像、做了心電圖、又驗了指血，大夫也沒說出什麼道道來。只說我的脈搏好，能活一百歲，但我心裏想，這個指標哪能使我滿足？因爲還有很多事等著我來做。

四月十七日，好友馮瑞生來信告訴我：已經買好飛機票，二十八日飛美。特提筆寫詩，表示祝賀，並壯行色。詩云：

> 朝辭神州混沌天，夕抵密失西比川。
>
> 此去遠遊新境界，回來好把佳話傳。

回來後，果然有好消息告訴我。在本年九月十日馮給我信上說：「尊著《宋金元明清曲辭通釋》一書，華府國會圖書館收藏有兩部，並且還知道，美國各大學收藏此書的情況，哈佛大學收藏有兩部，他如哥倫比亞大學，加州大學，芝加哥大學……均收藏有此書。當時我（馮自指）還向該館的亞洲部負責中文古籍的同仁說您老這部書所耗的精力……在一旁，我的外甥婿接口說：『您回去一定要告訴王老先生，他的大著在美國被肯定，各大學圖書館收藏的情況，應該是最好的消息，最大的安慰了。』」此皆是後話，勿庸贅言。

五月七日，接到中國社會科學院關於出版增訂本《宋金元明清曲辭通釋》

的合同。

五月九日（即農曆四月十五日）是我 90 歲生日，在天地燴 501 室舉行慶祝。參加慶祝會的有自家七口、孫靜家四口、孫麗家三口、李連祥一口、張宗信一口、周連生（遊金城同學）一口、楊世臣（還有他任職渤海銀行的侄子）兩口、吳振清兩口、來自石家莊河北師大文學院的七口（王貴新、趙軍山、閻福玲、楊棟、霍現俊、陳萬欽、司機），王欣同學十一口（于強夫婦、遊金誠夫婦、小郝夫婦、朱殿富夫婦、小穆、小馮、司機）共三十九人，濟濟一堂，傳杯送盞，歡聲笑語，共祝我的生日。我也乘興之所至，當眾賦詩一首：

> 「戎馬」一生好快哉，一路硬仗打過來。
>
> 如今回首羊腸路，一馬平川通九垓。

遠在石家莊的摯友蘇慶昌，亦寫詩慶賀：

> 書生豈是放牛娃，洋河當年卻牧鴨。
>
> 每愁水漲鴨難喚，況乃風起嘴填沙。
>
> 碧雲天下多雷電，黃沙地上少黃花。
>
> 夜來燈下最自由，指向曲海覓生涯。
>
> 休道不辨鴨雌雄，偏考無人語俗雅。
>
> 不嫌薄薪直降半，自笑買紙不用賒。
>
> 冰化雪消冬去也，專心治學成大家。
>
> 而今百歲僅差十，妙筆依舊能生花。

　　　　　　　　　　　　　　　　　　（《賀王學奇先生九十壽誕》）

五月十六日上午十點半，王藍陪我和他母親到北郊一遊。這次出遊，有個重要的發現，即四十年前我家被疏散到南王平所屬高莊一帶，均已夷為平地，房舍變廢墟，村民不知去向。「滄海桑田，桑田滄海」這句古話，現在就應驗在我們眼前，如何不使我們大驚失色：我帶著無限的感慨，只能在這片瓦礫堆上照幾張像，留作緬懷我們曾經朝夕相處七年之久的這塊土地的紀念。

　　五月二十三日，從報紙、電臺得知南韓前總統盧武鉉跳崖身亡，惋惜不置。他是個平民總統、愛民總統。當政期間，內政外交，都搞得不錯。他主張朝鮮半島，南北重新統一。萬萬想不到他被現任總統給逼死了。現任總統親美聯日，就向自己的同胞開刀，他忘記朝鮮半島過去被日寇侵佔時期，朝鮮人民被奴役、被剝奪的苦難。這種認賊作父，喪盡天良的內奸，何其毒也！我真奇怪，這種敗類怎麼逃過南韓人民的眼睛，竊據了總統的要職。

九十歲生日宴全家合影

不該發生的事，在國內也有。七月五日下午八點左右，新疆一夥民族分裂分子，受境外東突分子遙控，在新疆烏魯木齊鬧市區嘯聚一千多歹徒，瘋狂肆虐，大舉打砸搶燒。據初步統計：死 150 多人，傷 800 多人，燒毀汽車約 260 輛，多家商店慘遭打、砸、搶、燒，兩座樓房，付之一炬。手段殘忍，令人髮指。但他們是不會得逞的。等待他們的，是人民嚴厲的審判。

七月七日，《燕趙學術》雜誌寄來 800 元稿費，這是對拙文《論喜劇大師李漁的傳奇創作》的報酬。其實這只是《笠翁傳奇十種校注序》的節錄。

七月十三日上午十一點半，靜竹的侄女王玉琇、王玉珣及其丈夫曹慶林，自北京來天津看望他們的姑姑王靜竹。久別重逢，喜出望外，自有說不完的話。上次玉珣來，頭髮還黑黝黝的，這次來滿頭都是白髮，看上去，比姑姑還老些。不過玉琇還年輕，精神抖擻，根本不像六十八歲。因為她們來得倉促，我們又不會做菜，就買一些現成的狗不理包子，又買些大蝦和排骨招待她們，臨別時，沒有別的東西還禮，只各送了一部曾獲得國家級辭書類一等獎的《宋金元明清曲辭通釋》。

七月十八日，神交已久，尚未謀面的劉運峰同志來訪。這是位新朋友，而且是年富力強、抱負遠大的年輕朋友，又是可遇而不可求的朋友。凡遇這

類朋友，我都降階相迎，並敬之、信之、愛之。他也很尊重我，希望我寫一寫治學心得，以供未來有志攻文者借鑒。其實，我何嘗不想寫這類文章，只是騰不出手來。爲此，我仿照《陋室銘》的體制謅一篇《自嘲銘》，表示我的回應和謝意。《銘》曰：

> 錢不在多，夠用就行。名不在高，務實是崇。我雖愚魯，不甘認命。下定治學心，笑對批判聲，邁開兩條腿，一路向前衝。可憐半世紀，撲個空！如今兩鬢斑斑，枉歎一事無成。幸喜傻氣在，還想戰一程，經驗麼？尚難覆命。

八月一日早晨，張占根突然來訪，他也是與我意氣相投的年輕朋友。過去我在學校時，守望相助，曾幫過我不少的忙，心中一直念念不忘。這次他由石家莊來天津，想是有許多事要辦，席未暇暖，就匆匆去了。

八月二十三日，我兒王欣帶來《天津日報》，內刊有劉運峰寫的《王學奇教授訪問記》，內容如下：

> 這是一次遲到了 6 年之久的訪問。
>
> 2003 年，我在天津財經學校參加赴英國曼徹斯特都市大學前的外語培訓。教授外語的是楊青紅老師。在課下閒談時，她提到小孩兒的爺爺藏書很多，我一下子來了興趣，忙問老先生怎麼稱呼，她說叫「王學奇」。我當時吃了一驚：王學奇！我很早就聽說過這個名字。很多年前，在書店裏見到過他的《元曲釋詞》，厚厚的四大本，是元曲研究者的案頭必備書；他主編的《元曲選校注》，皇皇 8 大本，在學界頗具盛譽。前幾年，我曾買過他領銜完成的《關漢卿全集校注》，是我的基本藏書。回到家中，我連忙找出那本《關漢卿全集校注》，對楊老師說：「可不可以請老先生在書上簽名？」楊老師很爽快地答應了。過了幾天，楊老師帶回了這個簽名本。在環襯的背白處，王先生簽了「運峰同志雅正」，然後是「王學奇王靜竹二〇〇三年四月」，除了兩方名章之外，還有一方「學奇論曲」的閒章。我冒昧地問：「王靜竹先生是誰？」楊老師說：「是我們小孩兒奶奶。」頓時，我覺得這本書更爲珍貴了。楊老師說，老先生聽說你喜歡書，非常高興，希望你到家裏去坐一坐。正當我準備請楊老師陪同去拜訪王先生的時候，「非典」爆發了。由於那所學校出現了疑似病例，我們被強制隔離，出國的事情也被推遲，直到 2004 年 5 月才成行，

登門拜訪王先生的願望也沒有實現。

　　從英國回來後，我忙於博士論文的寫作、答辯，辦理工作調動。回到母校南開大學任教後，一直處於緊張、忙碌之中，也沒能抽出時間拜訪王先生。突然在今年6月18日，我收到了王學奇先生的信，信中對我的工作進行了鼓勵，同時把張鐵榮教授發表於6月7日介紹我的那本《魯迅著作考辨》的文章剪下，一併寄給了我。我深受感動，馬上覆信致謝，表示等放假後就登門拜訪。王先生很快回信，表示歡迎我去，並把家中的地址、乘車路線詳細告訴了我。就這樣，7月18日下午，我來到了王學奇教授的家。

　　王先生的家在紅橋區五中後大道一個普通的居民小區裏。王先生住在二樓，房間不大，是一套普通的兩室兩廳。王先生個頭不高，稍微有些駝背，但面色紅潤，聲音洪亮。落座後我問先生今年高壽，先生答：「整90了。」我連說不像，看起來也就是七十多歲。我拿出那本《魯迅著作考辨》請先生指教，先生說：「我也送你兩本書。」說完就從書房裏拿出一個紙包，裏面是一部新出版的《笠翁傳奇十種校注》。先生拿到光線較好的地方，很認真地簽名、蓋章。說到李漁（笠翁），先生說：「這個人太讓人佩服了，成就是多方面的，而且每一個方面都達到了很高的水平。」我說：「回去後一定好好拜讀您這部著作，增長一些知識。」先生說：「看著玩兒吧！李漁的戲劇很有意思。」這時，楊青紅老師回來了，她說：「你是不是特別想看老先生的書房？」我說：「方便嗎？」先生很痛快地說：「方便，你跟我來。」先生的書房並不大，大約有12平方米，靠左手的牆下是一個簡易的單人床，王先生就睡在這裡。床邊是一個高及天花板的卡片櫃。右手和迎面全是書櫃。書櫃的頂部是大部頭的工具書和王先生著作的手稿。這些手稿捆紮得很整齊，上面用毛筆寫了書名。其中最主要的是《元曲釋詞》和《宋元明清曲辭通釋》的手稿，足有十幾包。

　　書房窗前的寫字臺上攤放著《宋元明清曲辭通釋》和一摞書稿，先生說：「這部書出版好幾年了，需要修訂，我要再補充一百萬字。」「一百萬字」！先生不會使用電腦，也沒有助手幫忙，完全要靠手一筆一畫地寫，這對於我們壯年人來說，尚是畏途，何況是一位90歲的老人呢！但先生卻表現得自信而輕鬆，他說：「明年就可以出書

了，到時送你一部。」

　　楊老師插話說：「我們家這麼多書，實際上最值錢的還是那個卡片櫃。」先生說：「是這樣，我幾十年的心血全在這裡面了。」我拉開其中的一個小抽屜，只見裏面全是用各種紙張寫成的卡片。每一張都寫得密密麻麻，而且不是一個時期的痕迹。我說：「現在已經沒有人下這樣的苦功夫了，每一個小抽屜內的資料都可以形成多篇論文和一部專著啊！」先生說：「那倒是。我是個笨人，只能多下笨功夫。」

　　儘管先生退休多年，但依然關注學界的事情。針對近期接連曝光的論文抄襲事件，先生很氣憤地說：「這種事怎麼能幹！早晚要被人發現，真是沒出息！投機取巧，多會兒也長不了。」

　　看到先生精神矍鑠，鶴髮童顏，我說：「您身體這麼好，有什麼養生之道嗎？」先生說：「沒有，有時間就做做下蹲運動，沒時間就不做。上街買菜、下樓拿報，也算是鍛鍊，關鍵是要做事情，不能停下來。」

　　　　　　　　　　　　　　（載《天津日報》2009 年 8 月 21 日第 15 版）

　　同日上午，李連祥送來他編著的《唐詩常用語詞》（天津百花出版社出版）四巨冊。李君和我相識早在上世紀九十年代中期，他也是一位有志之士。他在監獄管教犯人的工作環境，經過長期堅持，竟然寫成一百多萬字的大書，這決不是一般人所敢想像，所能做到的，故樂爲之序。並且願爲他宣傳。

　　十一月五日至十日，奧巴馬訪華，承認臺灣、西藏都是中國的一部分，還聲稱不抵制中國，表示願意與中國合作。話音未落，一回到美國就改了腔。諸如高額提高輪胎稅、售臺灣先進武器、接見達賴喇嘛，等等。妄想把已經崛起的中國遏制在搖籃裏，這真是白日做夢！在現今世界新形勢下，美國只有與中國合作，世界的事情才好辦，臺灣只有倚靠大陸才有發展前途，其他出路是沒有的。

二〇一〇年　九十歲

　　一月十日，驟因耳鳴停工。從此鳴起來不止，我的工作不得繼續，甚爲惱喪。

一月十三日，石家莊副院長張寶明來電話說後天來天津看我。十五日下午我等到近六點才等到，有文學院院長鄭振峰、書記趙軍山。附中校長張占根，還有張寶明。按照每年春節前的慣例又送來幾件禮品（食油、雞蛋、牛奶等）。我把他們當娘家人，彙報我的著作情況及今後出書的計劃，還把我近日患耳鳴，情緒低落，悲觀失望的心裏話，一股腦都訴說給他們，但他們都默然，沒怎麼回應，席不暇暖，告別而去，使我很失望。

一月十六日，王藍帶我去天津總醫院，沒看耳鼻喉科，看了內科，做了心電圖，小護士說是早搏，嚇我一跳。大夫說：程度不夠，心才放下來。同日，海南傳來噩耗，說侄女女婿曹慶林病逝三亞。

一月十九日，增訂本《宋金元明清曲辭通釋》的稿子，按照合同，六月底要交給出版社。日子越來越逼近，我雖病倒，也得帶病幹。面對新情況，不得不重新考慮爲保護健康而放緩工作進度。我的措施是：在健康方面，增加活動，保持平常心；在工作量方面，降低指標。

一月二十日，王藍帶我去 254 醫院看耳鼻喉科，實驗聽力後，又輸液，直到七點才回到家。白花 356 元診療費和藥費，不見效果。

一月二十九日，王藍帶我去天津第一中心醫院看耳鼻喉科，大夫不但沒有辦法治好我這病，反而一再說要向我這九十掛零的老頭子學習，這眞是笑話，大煞風景！

二月八日晚，忽發高燒，體溫升到 38 度多，王藍、楊青紅立刻把我送到天津人民醫院，經檢查說是病毒性感冒，打了針、輸了液，直到十一點才離開醫院回家。病毒性感冒也就是所謂的「達非」，是一種傳染病，嚴重的能致人死。

二月十一日一早，楊青紅先雇出租車把我送到總醫院，隨後王藍也駕車趕到。到發熱診療室就醫，又是照像、又是輸液，一直折騰到下午五點半才離開醫院。從此以後，我隨時試表，死熬這提心弔膽的日子。這樣又延續了約一個禮拜。在此期間，正值春節，爲了防止傳染給別人，我打電話謝絕外孫女們來拜年。

進入二○一○年的一、二月份，疾病纏身，焦急難耐。二月十四日寫首《病中吟》，記述我的病痛：

> 年初一二月，病魔都來纏；
>
> 先是刺耳鳴，晝夜不得眠；
>
> 跑遍大醫院，療效皆不見；

> 此魔尚未滅，流感攻上前；
>
> 高燒打不退，病毒在搗亂；
>
> 天天猛輸液，誓與死神戰；
>
> 終日慌慌中，工作扔一邊；
>
> 書稿交不了，心急如火燃。

二月二十日，已過了農曆正月破五。這個年就算過去了，病情明顯好轉，寫詩一首，題爲《過年》：

> 我最討厭是過年，吃喝喧鬧不得閒；
>
> 討厭過年也得過，年關過去是平安。

進入三月，病情進一步穩定，耳鳴雖然還鳴，但不礙睡眠和工作，只要工作起來，便覺不出耳鳴，於是我下定決心，甩開膀子幹吧！趁有限的間，盡力把稿子修整好一點，以期收到（作者、責編、出版社、讀者）皆大歡喜的效果，從此早起（早六點）晚睡（夜十二點）中午不休息，保證每日完成三至五個詞條的指標。

三月十六日下午，吳振清把李行健贈我的書《八百漢字意義源流探索》給我送來，我即取出《笠翁傳奇十種校注》上下冊，寫上我和振清的名字回贈給李行健教授。李現年七十五歲，爲人重義氣，遇不平事輒憤憤然。當我《元曲釋詞》版權被奪之初，即對劫奪者的品德，頻頻搖頭，嫉惡如仇，見於詞色。後又幫我兒媳進出版社工作，在他自己主持的出版社，又接受我尚在規劃中的《宋金元明清曲辭通釋》稿子。他到日本講學，宣傳我著書之功力。他信任我，我決心對書稿精益求精。書成，我又請他作序。辭書出版後，果獲學界好評，並獲國家辭書類一等獎。如果說在我的人生旅途中遇著過貴人，我的貴人，李行健便是其中之一。

我的性格就是「動」，除努力工作外，就喜歡動腦子。三月二十二日早五點醒來，再也合不上眼，想過去，也想現在；想得意時短暫的快樂，也想不斷襲來的苦惱。千頭萬緒，一股腦都聚攏到一起。最後落得一個「忍」字，爲了完成增訂《通釋》這件大工程，我要忍饑、忍渴、忍冷、忍熱、忍勞累、忍病痛。有時我的工作，不被人理解，甚至不被晚輩理解，受到頂撞，本欲發作一番，但爲了顧全大局，照顧我患病的愛人情緒，經我反覆思量，最終還是忍了下來。類似這種情況，也不止一次，我都忍了下來，一笑置之。

　　四月八日，吉爾吉斯斯坦共和國，由一個老女人領導的反對派，趕走了前總統巴傑耶夫，奪取了政權。我注意到中國政府未做任何表示，吉爾吉斯新政府僅向美、俄請求過幫助，就是不向中國政府張嘴，同在「上合」組織，這就很耐人尋味了。

　　五月八日，得知臺灣除陳菊外，還有個名叫陳樹菊的，名字只多一個字，兩個人的思想品質，大不相同。陳菊是民進黨中的一個黨棍，老牌的政治騙子，在競選市長活動中，貶損對手，擡高自己，無所不用其極。這種骨頭都發青的壞蛋，即使把市長的頭銜騙到手，也不過是給政府增加個蛀蟲，不會比陳水扁好多少。而陳樹菊是個賣菜的，不爭名、不求利，兢兢業業，忠於職守，十年來，把掙來的錢都捐給窮苦學生，可以說把全身心都獻給了臺灣。這種品德，我希望所有的人都應該尊之、敬之、傚之。若就道德品質講，陳樹菊可以說是個無冕之王，陳菊不過是個偷雞摸狗的小蟊賊而已。

　　五月十三日以來，泰國的紅衫軍和政府衝突加劇，政府出動軍隊鎮壓手無寸鐵的遊行隊伍，造成巨大傷亡。據統計，五月十七日，死 35 人，傷 200 餘人；五月十八日，死 38 人，傷 300 多人；五月二十日，死 75 人，傷 1000 多人。不管怎麼說，政府的血腥鎮壓，是絕對不應該的。一方面，不可否認，紅衫軍，無饜的要求，也是造成慘劇的原因。我認為既是談判，就應該各讓一步，促成雙方妥協。再者，問題也不能一次解決。強逼對方一次就範，這種不講策略的方法，也是不可取的。

　　六月底，就是增訂本《宋金元明清曲辭通釋》交稿期，如屆時交不出，遵照合同規定，應事先通知出版社。因此在五月二十六日，我就給郭沂紋、史慕鴻寫一封信，全文如下：

　　　郭沂紋、史慕鴻同志：

　　　　你們好！依照合同，我們的書稿應在本年六月底交上，但在本年一、二月份，我病倒一段時間，延誤了進度。我希望寬限一個月，我七月底交，不知是否打亂你們的工作程序，請予答覆。並祝

　　　　大安！

　　　　　　　　　　　　　　　　　　　　　　　王學奇

　　　　　　　　　　　　　　　　　　　　　　　2010 年 5 月 26 日

　　六月十日，我開始整理《通釋》增訂本全稿。

　　六月十二日，接到中國社會科學院出版社史慕鴻覆信，信中大意，說不

要因為趕書稿進度，影響健康，叮囑我悠著勁來，稿成她可再來取。

七月十九日下午，天津市藏書評委大隊人馬來家，查看藏書情況。他們對我頂天立地的卡片櫃，特感興趣。看到卡片反正面都抄有資料，交口稱讚，又向我家人打聽，一天工作幾個小時，不言而喻，對我的治學精神，很是肯定。

八月三十一日，舍親王琨瑤（內人孫女）由他的祖母廖里仁（內人的親二嫂）和父母（王鴻達、李達）保駕護航，由成都飛來，送她來上天津大學。遠道而來的親友，自然要熱情招待。王琨瑤，現年十八歲，是個獨生子女，全家人都視作掌上明珠，今又高分考上名牌大學，更要問寒問暖，高看一眼，使他們全家都滿意。現在對子女，如此過分照顧，我不免發出感觸：真是時代不同了，和我們當年上大學時的氣派，迥然不同。但我懷疑：這是否有利於對下一代的鍛鍊呢？

九月二日，北京語文出版社，拙作《宋金元明清曲辭通釋》的責編馮瑞生先生突然來訪。我知道他是要來的，不知何時來。這次純是突然襲擊，使我毫無思想準備。家裏沒有住處，晚間就在小區隔壁的小客店安歇。我和馮兄，各據一床，仰天長臥，從治學到婚姻再到隱私，推心置腹，無所不談。馮兄這次從京來津，沒有別的事，是專程和我談心的。馮兄雖小我近20歲，但意氣相投，親如兄弟，每次見面，都有說不完的話，況又博學多才，風流儒雅，翩翩然世之君子也。我真感謝上天，使我此生得遇這樣一位朋友。

翌晨（九月三日）起得很晚。約近十點，說是先到新修的西沽公園遊覽遊覽，仍是邊走邊聊，哪裏顧得上流連風景。十一點到登悅用餐。飯後回到家，收拾好他的東西，又忙著返京。匆匆而來，又匆匆而去，我望著他的背影，茫然若有所失。

九月四日，成都來的客人也飛回成都。家裏又恢復了往日的安靜。

九月六日，我給北京史慕鴻同志寫信，到九日她通了電話，她回說「十一」前後來津取稿。

九月七日上午10時15分，我國漁船一艘載有十五名船員在我國釣魚島海域捕撈。這時日寇海上保安廳一艘巡邏艇趕到現場，並衝撞我漁船，隨後又派來兩艘巡邏船跟蹤我漁船。十三時左右，日寇二十二名保安官登上我航行中的漁船命令停船，並宣稱違反日本漁業法，進行檢查，扣留我船員和漁船。實際釣魚島及其附近島嶼，歷來屬於我國，我擁有不可爭辯的主權。日

寇覬覦已久，屢有侵犯，這次又故態復萌，無理取鬧。我國外交部及國務委員連日提出抗議，促其無條件釋放我船員和漁船。倭寇卻胡說什麼所謂進行司法程序。眞是荒唐可笑，是可忍，孰不可忍！我一向以爲日本不除，就如饑狼潛伏在我們身邊，我們永遠睡不安穩。因此我建議：（一）爲後代兒孫負責，必須向青少年講明日本過去是怎樣侵擾和掠奪我國沿海各省的。甲午海戰，九一八事變，七七事變，日本又進一步侵佔了我國大片領土，殺戮我國人民不計其數。日本戰敗投降又倚靠日美同盟，強佔我釣魚島，不斷向我國挑釁。我們主張和平，要以史爲鑒，開展新的未來，但他們毫不知悔改。以史爲鑒的寬容政策對他也沒有用，他們妄想東山再起，重溫大東亞「共榮」圈的美夢。（二）在講日本侵華史的同時，要多放抗戰時期的日軍屠殺中國人民的電影。叫後輩兒孫從形象上認清日本反動派的本質和罪行，以提高他們的警惕。（三）配合思想宣傳，必須加強軍力，精研新式武器。（四）在外交上要聯合過去曾受過日本侵略的國家，合力防範。（五）日本戰敗，我們要堅決迫使他們賠款。

九月十三日，日本放回我國漁民十四人，但船長仍被扣留，眞眞豈有此理！

九月十八日下午去金融大廈參加藏書家評選頒獎大會，我被評爲十大藏書家之一（沒分等次）。我覺得這次評獎不如 1996 年那次評得好。這次評，沒有和著作掛鈎。我認爲藏書、讀書、用書應該是密切相關聯的，藏而不讀，讀而不用，那藏的意義就很有限了。個人藏書，又不比公家圖書館，如不讀不用，那有什麼可獎勵的？

九月二十四日，日本迫於壓力，才放還我國船長，但未表示歉意和賠償。

九月二十八日，史慕鴻同志來津把《宋金元明清曲辭通釋》的稿子全部取走。

九月二十九日清晨，在我住的社區門口，一椿血光之災，突然降臨到我身上。時間約在早晨七八點鐘，我剛出社區門就被石頭絆倒，跌得頭破血流，流得滿臉滿身都是，鮮血還沾滿我自己的雙手，同時還滴滴嗒嗒往腳下的土地淌個不止。此時正是上班或買早點回家之際，出入門口的人，見此慘狀無不驚愕，都不免駐足圍觀，小區熟知我是九十開外的老者，更不免爲我這條小命捏把冷汗，不時從圍觀的人群中爆出：「還不快叫救護車！還等什麼？」但我腦子卻很清醒，連說「沒事！」「沒事！」以安撫大家，同時把我兒子的

手機號碼告訴身邊的好心人。這時，圍觀的群眾越聚越多，交頭接耳，都想知道個究竟。不久，我兒子、兒媳駕車來到，我帶著群眾的惻隱之心和熱情關懷，乘車向醫院飛奔而去。到醫院後，揩乾前額的血迹，把開裂的肉皮縫上幾針，以後又經過幾次換藥，一個星期後就拆線了。一切照舊如常，好像沒有發生過任何事一樣，只是覺得經此一跌，昏花的老眼反而亮了起來。

事後，爲記錄此慘案，製小詞《如夢令‧血光災突襲記》如下：

> 天有陰晴圓缺，人有旦夕禍福，
>
> 難怪一出門，跌得頭破血流。
>
> 好險！好險！差點一命嗚呼。

大難未死，還使我眼睛亮了起來，天公有意助我寫作乎？

十月十九日，吳振清教授陪臺灣東海大學教授，博導李建昆先生來訪，相談甚是融洽。相別無以示敬，贈早年出版的《元曲釋詞》（四冊）。

平素我常見某些年輕人不尊重老人，往往目之爲「老朽」。某些老年人亦不自重，在與青年交往場合，亦習慣自稱爲「老朽」。我頗不謂然，有幾句話要說。遂於十一月八日，撰《老朽鳴》如下：

> 身無絕技，健壯就行；胸無大智，好學就靈。我雖九旬，不讓
> 年輕。日日黎明起，夜夜到深更。不圖口體奉，只想建新功。務期
> 達宿願，慰平生。遠離塵世喧囂，永保心平氣定。偷閒戲兒孫，談
> 笑話前程。好壯哉！何朽之有？

此文蓋爲「人老珠黃不值錢」的俗感而發。而我的「偏見」是：人只要奮發努力，永不停步，爲社會做貢獻，雖老不朽，雖死猶生；若好吃懶做，不圖長進，雖壯猶老，雖生猶死。

十一月十一日至十四日，前兩天在南韓首爾召開二十國集團峰會，兩天後又在日本橫濱召開亞太 APEC 峰會，美國總統奧巴馬企圖通過這兩個峰會，解決狂印美鈔轉嫁經濟危機，和逼人民幣升值的問題，但均未得逞，以失敗告終。奧巴馬這種損人利己的行徑，引起各國不滿，群起而攻之，弄得很丟面子，灰溜溜滾回本國去了。

十一月十八日，我寫了四句詩，題爲《斥窮神》

> 不靠倘來財，只靠吭吭幹；
>
> 靠也靠不牢，窮神總搗亂。

我何以寫出這樣的詩呢？說來話長。我本是苦幹起家的。我這一生，一直是

自我艱苦奮鬥。每一階段獲得的成績，都是滾一身泥巴，經過苦熬苦戰得來的。就在一年前忽發奇想，也妄圖在買賣股票中得些小利，以補助生活，我買了 4700 股，約值 90000 元，我本著賤買貴賣的原則，經過一年的操作，股票增加到 8200 股。股值增加到約 200000 元，這時我照方抓藥，一下子都拋了出去，企圖股指回落再買回來，那裡料到這次股價漲起來沒完，我賣出去的錢再也買不回 8200 股。眼睜睜看著到嘴的鴨子飛走。我不甘心，觀望幾天之後，用賣「柳工」的錢轉買「中聯重科」，買到手就連漲兩天，挽回一些損失，心中略感安慰，那知，又連續大跳水，把賺到的錢又跳回去了。這次徹底認輸了。我沒話可講，只有嗟歎命窮。因此，我再一次認識到，要改善生活，只有苦巴苦捱，靠自己的勞動，倘來之財是靠不住的。感歎之餘便產生上面幾句歪詩。

十一月二十三日，經人引薦，我認識一位碩愚先生。通過談心，頗為相得。知道他經歷坎坷，最終成果累累。因此我願為他撰一篇《碩愚先生傳》，以饗好奇的讀者。傳曰：

> 先生不知何許人也，亦不詳其名姓。都傳說他太傻，因以為號焉。寄身底層，默默無聞。酷愛書，讀而不輟，每有所悟，便欣喜若狂。短識者，有眼不識泰山。或譏其為書癡，或搖頭而鄙之。任人嘲弄，心懷坦蕩，不以為意，報以一笑，從不計較毀譽。蝸居狹窄，徒有四壁，草衣木食，不以為苦，晏如也。如水流年好快，卅年之間，橫空出世，舉世矚目。嚮之庸夫俗子，既愧追之莫及，復歎仰之難攀，蓋世之常情也！正反風範，耀然目前：與偉人為伍歟？
> 入小人之列歟？

十一月二十七日，臺灣五都選舉，這是 2012 年總統選舉的前哨戰。陳水扁時代，使用陰謀詭計（臺灣俗話稱之為「奧步」）屢屢得手，現在扁因罪坐牢，蔡英文出馬操控，鬥爭結果，藍得三都，綠得兩都。寫支小詞《如夢令・民進黨競選》，供讀者欣賞：

> 奧步，奧步，奧步，操控選舉幾度。
> 如今扁入監，小蔡縱身跳出，
> 東拚，西鬥，落得兩勝三輸。

這個結果，可以說是打個平手。因為藍營雖勝一席，卻輸於綠營選票四十萬

張。但2012年的總統對決，並不以此爲基礎，主要要看對大陸的政策，是對抗，還是承認一中，謀求和平發展？目前馬英九政府在政策上雖比較佔優勢，但擔心太多，觀望不前，如果民進黨翻然改悔，走到國民黨前面，形勢爲之一變，大局未可定也。

但民進黨目前的主要問題，不在外部，而在內訌，以蔡英文爲首的少壯派，雖占主導地位，但各元老派，亦不甘退出歷史舞臺，還要拼死一搏。有兩首小詞，恰好是這場鬥爭的寫照：

一、《如夢令·逼宮》

老朽不甘落敗，少壯睬也不睬，

何必苦逼宮，江山已屬小蔡，

小蔡！小蔡！看你如何布擺。

二、《清平樂·苦鬥》

當權不讓，梟雄紛紛起；緊盯下屆大總統，拼個有我沒你。　　究

竟鹿死誰手？要看大勢所趨；若逆潮流而動，必被大潮捲去。

十二月二十四日，我多日經營的三篇短文，題爲，《釋「老」、「大」》、《釋「多」》、《釋「見」》，經反覆修改、補充，至此算是塵埃落地了，但在未拋出之前，遇到新的材料或新想法，還要動一動。「庾信文章老更成，」（見杜甫《戲爲六絕句》之一），我應該以此自勉。

到十二月二十八日，朝韓在延坪島炮戰，已一個多月。美國唆使南韓，在半島東西兩側，頻繁軍演，意在激怒朝鮮還擊，以便藉口北侵，統一半島，進一步制衡中國，所謂「項莊舞劍，意在沛公」的陰謀，昭然若揭。因有感觸，口占小詞一首。調寄《清平樂》：

韓朝相爭，半島風雲湧。「和平穩定」呼聲急，偏偏老美作梗。

可憐同室操戈，局勢看看失控；火中取栗者誰？誰都心知肚明。

現在美國又自本土調來核動力里根號航母，總數增加到三艘，齊集東北亞，虎視眈眈，他們想幹什麼？全世界都在注目。

二〇一一年　九十一歲

一年之始，總要考慮考慮，這一年我要幹些什麼。惦記著這個問題，在一月五日未起床之前便陷入沉思中。我想大的戰役如《元曲釋詞》、《宋金元

明清曲辭通釋》、《關漢卿全集校注》、《元曲選校注》等均已先後告成，不打算再打大戰了。今後的工作，如下圍棋一般，只是收官了。我所謂收官，指的是年譜、自傳、治曲心得，少數民族語等小篇幅的作品。

一月十八日下午，我校文學院正副書記，正副院長和老友張占根自石抵津來慰問我，春節前必來一次，已形成慣例，這是對退休教師表示的關愛。

二月二日，正值農曆臘月三十（除夕），全家都在次子王欣家聚會的。因爲他家住在二十層樓上看煙火方便，

二月六日，開始撰寫《中華古今少數民族語跋》。

二月十四日，有感於有些青年，好吃懶做，不思進取，大學畢業，工作找不著，賴工作不作，終日悠悠，無所事事。啃他爹、啃他娘，視爲當然。社會上把這一族群，目之爲「啃老族」。我對「啃老族」的表現頗不以爲然，因而寫一首小詞題爲《如夢令・警告啃老族》：

　　　　啃老啃老啃老，啃到何時是了？

　　　　自己不爭氣，萬貫家財難保。

　　　　難保，難保，難免街頭乞討。

二月二十五日醒來，浮想聯翩，想到這個世界總是動蕩不安，這都是野心家和霸權主義者造成的。美國佬爲掠奪別國的資源，到處煽風點火，損人利己。這樣幹，他們自以爲得計，而不知這正是爲他們準備的墳墓。因爲「多行不義必自斃」，總有一天會落到「老鼠過街，人人喊打」的下場，特爲此詠一小詞，題爲《調笑令・弔唁美國佬》：

　　　　臭美，臭美，到處惹是生非，

　　　　阿、伊戰事未了，又來掠奪北非。

　　　　北非，北非，爲你掘好墓地。

三月二十三日，孫女王雪螢落實了赴法留學的願望，有《誓志》詩爲證：

　　　　雪螢志氣衝九天，一上飛機路八千。

　　　　巴黎是我發祥地，凱旋門前話凱旋。

三月三十一日上午九點，王欣夫婦送女兒到北京登機，下午六點起飛。一個孩子，隻身萬里遠赴歐洲，毫無懼色。這種勇氣值得肯定。

四月三日上午十點許，患腦血栓將近八年的老伴，在屋裏又從坐的羅圈椅子上跌了下來。送到天津人民醫院，經過檢查，說是右肩骨折，實際胯骨也摔壞了，卻沒檢查出來，很草率地略事包紮，便打發患者回家。但患者疼

痛難忍，無計可施。

　　拖到四月二十一日，經多方探尋，次子王藍始找來專治骨科的私家大夫來家爲他母親敷藥包紮。到四月三十日上午，王藍又帶她母親到武清縣石各莊鎮衛生院覆查。通過照相，說肩部骨折已癒合，但發現大胯也骨折了。當日下午五點半，石各莊衛生院大夫，又帶著藥膏及夾板等物來家進行處理，又約定十天後再去衛生院覆查。到五月十日，如約前去覆查，說情況良好，胯骨癒合了。但要求家人在今後一個月內要護理好，方可下地。好不容易一個月過去了，六月十二日，又到該衛生院覆查，大夫說完全沒有問題了，還說可以下地大小便，不要怕疼，越疼越要練。至此，和石各莊衛生院打交道，算是告一段落。但一個八十歲以上的老人，要完全恢復過來，還要走一條漫長的路。

　　痛定思痛，想再從鬧市區到偏遠的武清區石各莊鎮顛簸往返，以及在家苦熬過程中，患者受了難以言喻的痛苦，每一次呼痛聲，都像利刃一般刺穿我的心，有詩曰：

　　　　日月如飛梭，轉瞬將八年。

　　　　八年痛失語，屢又遇危險。

　　　　最慘是這遭，倒地胯骨斷。

　　　　滿身是傷痕，疼痛直叫喊。

　　　　夜聞呼痛聲，輾轉難成眠。

　　　　白晝見慘狀，閣淚半遮面。

　　　　如此度昏晝，一日賽千年。

六月十七日拂曉，感於美國佬惟恐天下不亂，把魔抓伸向我南洋。名爲保護「盟友」，實爲借機撈一把。因賦小詞《如夢令‧拔闖》以諷之：

　　　　把腳伸向南洋，菲越趾高氣揚。

　　　　講什麼道理？美帝前來拔闖。

　　　　拔闖，拔闖，不忘順手牽羊。

七月十五日，從這一天起，每天起床前後，開始作床上床下運動。每個動作，都堅持一百次，我想久而久之，必有效應。果不出預期，後來有朋友一見我，驚向我道：「觀你的神色和氣魄，較之以前判若兩人！」我欣然據實以告，但這都是後話。

　　七月二十五日，八年前的這一天，是我老伴住進中醫醫院的日子，特寫詩如下，題爲《蒼天報施善人記》：

長白山下建家庭，風雨交加過不寧。

魑魅魍魎時扣門，逼上逆境登前程。

韜光晦跡人之下，一朝穎脫天下驚。

奈何才見旭日出，愛侶突然患中風？

有口不能共我語，有腿不能伴我行，

形單影隻一孤雁，悒鬱寡歡八年整。

更兼災禍不單行，舊病未除新病增。

就在本年四月初，撲通一聲倒屋中。

筋傷骨折難入睡，深夜頻傳呼痛聲。

聲聲刺痛我胸腹，熱淚盈眶漬眼睛。

試看世上冶遊者，肥頭大耳樂融融。

保護傘下新衙內，個個都成大富翁。

原來天公並不公，大地徇私也偏寵。

茫茫宇宙何所之，搖頭大笑獨屏營。

家有病妻，消費較大，物價又偏偏不斷高漲，市民也叫苦連天，情動於中，如鯁在喉，不吐不快，於九月十一日援筆立就小詞《如夢令通漲》一首：

豬肉雞蛋齊飛，茄子土豆共舞，

多麼熱鬧呵！可憐百姓受苦，

受苦，受苦，再苦也得閉口。

九月十二日，正值農曆中秋節，又是我結婚五十九週年紀念日，可謂雙喜臨門，但因老妻病中又添新病，終日呻吟在床，面對此情景叫我如何喜得起來？沉悶之餘，信筆塗鴉，以抒發我的悲哀，作為我「忘卻的紀念」：

每逢結婚紀念日，輒提拙筆寫賀詞，

今年興頭不太佳，處若忘兮行若遺。

只待病妻康復日，打酒買肉做宴席。

九月十四日開始，我的日常工作，從少數民族語轉到校注《紫釵記》。《紫》劇共五十三齣，過去已注過二十五齣，這次從第二十六齣注起，準備出版《臨川四夢》。我喜歡湯顯祖的劇本。湯劇影響很大，在十六世紀，與英國的莎士比亞的劇作可以媲美。上世紀九十年代末，就曾計劃校注湯顯祖的劇本。在2000 年，用一年時間注完《牡丹亭》。後來又繼續注《紫釵記》，因為合作者另有任務，我也忙於《宋金元明清曲辭通釋》增訂本的掃尾工作，出版湯劇

的工作就這樣流產了。這次重拾起來，全靠一位中年朋友的推動。

不過注好湯劇，並非輕而易舉的事。因爲湯劇用語晦澀，用典又多，欲求語句確解，必須往復推敲。我是怎樣注釋的呢？在十月二十六日寫的《惡戰〈紫釵記〉》上這樣寫道：

> 打通湯劇語言關，短兵相接不怕難。
>
> 幾進幾齣血胡同，逐屋爭奪鬥志酣。
>
> 拚將一腔熱血灑，換得半寸舊河山。
>
> 誓把殘敵掃蕩盡，免除後患心始安。

十月二十八日，寫一首《弔卡紮菲》的詩，表示對他的哀悼。卡紮菲雖是個怪人，是個瘋子，是個大獨裁者，但他使我同情的是，他站在民族的立場上，沒有離開他的祖國，獨立抗擊美英法的狂轟亂炸，一直到最後，也毫無懼色。這種硬漢、民族英雄、愛國志士的精神，難道不值得肯定嗎？故詩曰：

> 二十七歲奪天下，立馬橫槍坐老大。
>
> 穩操政權四十載，一朝失策遭槍殺。
>
> 難忘最後八個月，獨抗群寇亦可嘉。
>
> 莫謂怪傑長已矣，雖死猶生傳佳話。

十一月二十三日，報載「我軍組建戰略規劃部」。這個規劃，早該出臺，現在美帝國主義已打到我們家門口，堵著門向我們叫陣，這才想起對策來，也未免太晚了。須知對敵人必須準備兩手。我們提倡和平，但這種和平，必須用武裝開道，武裝護航。

進入十二月，不是感冒咳嗽，就是睡不著覺，因此我的注釋進度大打折扣，不能按期完成。十二月三十一日遺憾地寫道：

> 二〇一一十二月，不是失眠即患病。
>
> 掃尾工作掃不動，一直拖到大年終。

（《拖》）

二〇一二年　九十二歲

一月七日，注完《紫釵記》後二十八齣。

一月八日下午四點，河北師大教務長鄭振峰、文學院書記閻東立，院長閻福玲等自石家莊專程來看我，這是每年在春節前對退休老同志的例行禮儀性慰問。但這一次，他們還有另外的目的。他們從我的攝影冊中，翻拍了不

少關於我的歷史資料照片，說是爲寫校史做準備工作。

九日，我準備續寫二〇一二年的個人《年譜》。

十一日，王玉自哈爾濱寄來一千元，資助姑姑過節。同日臺灣李建昆打來電話，不知是他說不清還是我耳朵不靈，伊裏嗚嚕一句也聽不懂。後來我還是聽吳振清來電話，替我解釋明白了。話裏的意思是給我拜年。

十四日，臺灣地區領導人選舉，馬英九勝出，蔡英文、宋楚瑜落選，這在當時是我希望得到的結果。

十八日，開始繼續撰《年譜》。

二十二日，孫女王雪瑩自巴黎電賀爺爺、奶奶過新年。

二十三日，即農曆除夕，例外的鞭炮聲較少，對這難得的安靜，我很高興，因爲可以使我安靜地享受春節晚會的表演。但很失望，舞臺上不見有絕活，有的只是低劣的貨色。事後寫詩一首，題爲《過除夕》，藉以排遣：

> 年年除夕時，鞭炮響連宵；
>
> 今年到除夕，難得鞭炮少；
>
> 正喜看春晚，誰料更糟糕；
>
> 索性脫衣睡，圖個團圓覺。

二十五日（農曆正月二日）外孫女兒孫靜、孫莉照例來拜年，還有年前年後，外市的本市的親朋好友，紛紛互致賀意，年年如此，都無需重複。

二月五日，中俄聯手，在聯合國否決了涉敘（利亞）議案，惹惱了以美國爲首的西方各國。很久以來，我觀察西方各國，已經不像他們當初所宣揚的奉行民主和自由，而已走向軍事獨裁、經濟專政，對外實行擴張侵略，進行掠奪的吸血鬼，他們到處惹是生非，製造矛盾，唯恐天下不亂。在我看來，他們才是最大的恐怖主義者。他們到那裡，那裡就不得安寧。他們在中東、北非，得意地搞掉了幾個政權，來到東亞，張著一副猙獰的臉，露出一口尖利的牙，向東亞人吼道：「我們又回來了！」從此，從南海到東海，從東海到南海，本來是一片平靜如鏡的水面，再也平靜不下來，掀起的軒然大波，到處可見。

二十六日，看《參考消息》，在一專欄上寫道：「共產黨喉舌報《人民日報》上說：兩會（人大、政協）期間，將發布一系列改革計劃，有『寧要不完美的改革，不要不改革的危機，』的提法。果眞如此，人民該是多麼期待！遺憾的是：只聞樓梯響，不見人下來。倒是不斷傳說著一些高官顯宦，紛紛

都帶著億萬贓款和一家老小，逃到他們咒罵過的國家頤養天年去了。面對這一類無恥之徒，誰人見了不喟然長歎！

三月五日，報載俄羅斯總統選舉結果得票率，普京占 64.26%，以壓倒之勢勝出。眾望所歸，一小撮反對派的造謠污蔑，毫無用處。外來的反對派鼓動者只有夾著尾巴灰溜溜地竄到另一處作案去了。

十三日，在阿富汗發生了美國大兵焚燒伊斯蘭教經典的事，接著又連續槍殺十六名無辜的阿富汗百姓。美國不就地繩之以法，反而開脫其罪責，說這是美國士兵的個人行為，又詭稱這個士兵有神經病，要帶回美國審問。這一片鬼話，騙得了誰？事實是，深夜溜出兵營到老百姓家作案的絕非一人，更絕非精神病患者。美國兵到處為非作歹這類的前科歷歷刻在史冊。現在竟至殺人滅口，殘忍暴虐一至於此！真是「是可忍，孰不可忍！」這就難怪阿富汗人民如烈火燎原，到處起來反抗了。

二十二日，臺灣國民黨榮譽主席吳伯雄，率團訪問北京，與胡錦濤會晤，從言談內容看，像是有意加速和平統一大業，這是包括我在內全國十三億人民所共同期待的。但如此好事，卻步履維艱，其癥結究竟何在呢？

四月，接到《燕趙學術》雜誌，內刊有拙文《釋「老」「大」》。這篇小文雖短，也是我多日經營的成果。臨老為文，不比青年，越來膽越小了。我還有一篇關於《西廂記》作者的文章要寫，但這是一篇爆炸性的文章。因為積累的材料還要核實，一直還不敢動筆。

十一日，下午李連祥送來《紫釵記》二十五齣至五十三齣的打印稿。工作真像彈鋼琴一樣，逼著我不得不暫停寫論文的準備工作，轉而加工湯顯祖「四夢」的校注文字。

十二日，菲律賓到黃岩島無理取鬧，侵擾我國漁民正常作業。小國之所以敢對大國如此無禮，究其根源，就是因為為了團結，對南海周邊小國蠶食我國島嶼，一再採取克制、忍讓態度，未能及時解決主權問題。久而久之，這些小國嘗到甜頭，不願把吃到嘴頭的美食再吐出來，結果反客為主，倒打一耙，反說中國侵擾了他們。因而使我國目前在南海的處境，陷於四面楚歌。全國人民都為此感到失策而痛心。決定政策的領導層，他們忘記了「以鬥爭求團結，則團結存；以忍讓求團結，則團結亡」的教訓。

二十二日，在我黃海，中俄聯合海軍演習，從即日起共演六天，到二十七日結束。俄羅斯在上海合作組織內，雖與我國同是這個組織的主要成員，

但俄羅斯很難成爲中國可靠的朋友。中俄如能眞正聯合到一起，只有在遇到共同的強大敵人，單打獨鬥，力不勝任的時候。目前中國受到的主要威脅，就是美國。美國自重歸亞太以後，在東海、南海島爭問題上，口說不站隊，實際是站在中國的對立面，煽動諸小國不斷向我們的領海、領島主權挑戰。美國國務卿希拉裏，不止一次地鬼鬼祟祟游說我國周邊小國，進行挑撥離間，破壞諸小國與中國、特別是東南亞各國與中國的關係。但她並沒有完全得逞。因爲多數小國深知中國才是他們平等相待，互利互助的善鄰友好，美國不過是仗勢欺人順手牽羊的外來殖民主義者。

二十九日，在黃岩島截止到今日，菲律賓和中國漁政船對峙二十多天。阿基諾總統自以爲有盟友美國撐腰，對於中國諸島肆行騷擾，絲毫不顧及中國給他們的經濟援助，但中國還是繼續克制自己。我們一般老百姓都氣得火冒三丈。

五月一日，重外孫張濤結婚，到張濤抱兒子時，從我算起，就是五世同堂了。我不禁感歎道：「歲月奔馳，何其速也！」幸喜我還健康，不知老之已至。

三日，工作之餘，突然陷入深思之中，想到人的一生，受到社會的以及人際關係的各種制約，不是想怎麼樣就能怎麼樣的。就是搞寒酸的寫作工作，也不例外，我只能低調做人，韜光晦迹，不在乎那些得意者的譏評：這也不行，那也不行。列寧說「鷹有時比雞飛的還要低，但雞永遠不能飛得像鷹那樣高。」我就是列寧說的那只鷹。

感謝老天爺給我個好身體，但也不是永遠沒病沒災。五月以來，就時感食欲不振，睡覺不香，渾身乏力，舉步維艱。我知道這是工作壓的。我爲及早完成我的寫作計劃，本年以校注湯劇和撰寫少數民族語，交替進行，每天的任務還定有硬指標，這對一個 90 歲以上的老者，如何承受得了。《三國演義》上，司馬懿得知諸葛亮的生活情況後說道：「食減事煩，其能久乎。」我雖不能和諸葛亮相比，但司馬懿說的道理也適用於我。於是我及時調整了我的生活及工作秩序，把我從身心疲軟一蹶不振的狀態中挽救過來，挽救的過程沒有多久，便又重整旗鼓投入戰鬥。

十月，報載天津市常住人口已達 1354.58 萬。

十八日，給郭沂紋、史慕紅一信：

久疏音問，殊爲念念。不知拙稿進行情況如何？稿子很長，出

這樣四、五百萬字的大書，實不容易。我希望在進度服從質量的前提下，一定爭取出好，以達到皆大歡喜的效果。如果有什麼困難，我可以到北京協助一下。因爲稿子出自我手，輕車熟路，查對較便。望見函賜示，以便動身，專此並祝大安。

王學奇

於 2012 年 5 月 18 日，天津

二十日，是臺灣馬英九第二次就職總統的日子，回顧過去四年，兩岸和平發展，有所進步，展望今後四年，風高浪急，很難預測。因爲馬缺乏膽識，執政不力，總是招架不住民進黨的攻擊。因此目前兩岸的發展形勢，正處於瓶頸時期，馬英九畏首畏尾，在大好形勢下，躑躅不前。打通僵局，兩岸都應該以十三億全體中華民族的利益出發，都不要考慮一黨之私。只要兩黨都勇於拋掉過去，重新開始，互釋善意和誠意，平等相待，兩岸就不難分而復合。

同日，邀李連祥來談注釋四夢（《牡丹亭》、《紫釵記》、《邯鄲記》、《南柯記》）問題。

六月一日，紅學家周汝昌辭世，享年九十五歲。周早年即享大名，但他的研究成果，和他的名聲尚有差距。

六日，上海合作組織在北京開會，成員除中、俄外，還有哈薩克斯坦、烏茲別克斯坦、吉爾吉斯斯、坦塔吉克斯坦。觀察員國家有印度、巴基斯坦、阿富汗、伊朗、蒙古。對話夥伴有土耳其、白俄羅斯、立陶宛。成員雖多，但是個鬆散組織，只限於經濟互助和打擊恐怖分子，非對外軍事聯盟。

十四日，報紙和電視臺都報導了菲律賓、越南、印尼、文萊四國，擬聯合在南海巡邏對抗中國。日本宙斯盾艦艇也進入黃海，企圖啓用新雷達阻止中國殲 20 的威力。這一切通通都是找中國的麻煩。這個組合的反華妖魔舞的導演是誰呢？自然是非美國佬莫屬。但我要奉告美國佬，莫高興得太早了。

十八日，下午兩點二十分，神九和天宮完成對接，這是我航天史最關鍵的一步，也是對進犯者的一個有力回答。

二十二日，報上發表一重大消息，即在我南海永興島建立三沙市，並說明有軍力配備，以加強我們對南海的保護，這也是對美國佬的回答。

七月八日，敘利亞在危機時刻舉行海陸空軍演，我以爲完全正確。巴沙爾既然走上高風險的政治道路，同時又是國家領導，責任在身，就不要怕死。應知戰亦死，不戰亦死，與其不戰而死，何若戰鬥到底而死。再者，這麼長

時期，被西方國家武裝起來的反對派和政府軍較量，目前還看不出勝敗的分曉。堅持下去，掌握好戰略戰術，誰勝誰敗還很難說。穆巴拉克的下場，是巴沙爾應該接受的教訓。不要看帝國主義者張牙舞爪，他們是專找軟柿子捏。在中東、北非搞掉了幾個政權，多少次想打伊朗，可就是不敢動手。因爲伊朗不斷展示自己新造的武器。

二十三日，釣魚島問題，最近又緊張起來了。我認爲中國不能再退縮，應該勇敢站起來。我並認爲應採取主動，要先發制人。不動則已，動就來狠的，狠狠教訓它一頓。日寇有個錯誤認識，認爲二戰投降，是迫於美國原子彈的威力，不是中國把他打敗的，故對中國不服氣，時至今日，把我釣魚島，收歸日本國有化，認爲中國不敢動武。這是誤讀了時代，看不清形勢的變化。盲人瞎馬，前路難憑，走的是自尋滅亡之路。

二十九日早五點多鐘醒來，再未合眼，想到我校注「四夢」，自己給自己規定每日工作的硬性指標，其實很辛苦，詠四句詩表述如下：

　　　　關集、臧選十種曲，刮垢磨光俱生輝；
　　　　如今更要圓四夢，嘔心泣血不知疲。

同日，倫敦奧運會開始，到八月十三日截止。在這兩周運動會期間，我全程觀看了運動員的比賽。中國運動員獲金牌三十八枚，銀牌二十七枚，銅牌二十二枚，共八十八枚，僅次於美國。這個成績，我很爲中國運動員自豪和驕傲。興之所至，寫詩一首，聊表祝賀。題爲《奪金牌》：

　　　　奧運賽場奪金牌，各顯身手上擂臺；
　　　　我國喜獲開門紅，老美豈肯甘失敗；
　　　　你爭我奪不相讓，優勝劣敗輪著來。
　　　　金牌雖難比大炮，揚威不能缺金牌。
　　　　中華健兒有志氣，體育大國放異彩。

八月八日，清晨起床，於枕上回想這一年的校注工作，眞如韓愈所說：「貪多務得，細大不捐，焚膏繼晷，恒兀兀以窮年。」因詠詩一首，題爲《枕上》：

　　　　　斗轉星移百歲身，秋風秋雨又扣門，
　　　　　問我「有何新動作」，「玉茗堂」上把夢尋。

「玉茗堂上把夢尋」是我對秋風秋雨的回答，言我正在書齋積極尋找湯顯祖四夢的創作要旨。玉茗堂，本爲湯顯祖的書齋，這裡是借用。

　　我一心想治學，值國家多事之秋，治學也不得心靜。日寇得到美國佬的
支持，氣焰日益囂張。竊據我釣魚島，竟不歸還。魔高一尺，道高一丈。蓬
蓬勃勃的保釣運動，在海峽兩岸便不約而同地開展起來，但也有不盡人意處。
臺灣的保釣運動，積極性在下層同胞，而地區領導卻表現消極，而且百般阻
撓，誠使廣大同胞所痛心。憤怒之火如芒在喉，不吐不快，於二月二十二日
寫小詞《如夢令・保釣》一首：

> 保釣保釣保釣，兩岸群起聲討，
>
> 巨耐馬領導，千方百計阻撓，
>
> 阻撓，阻撓，甘願開門揖盜。

這位馬領導，在老百姓愛國熱情高漲的壓力下，後來雖有所轉變，也是勉為
其難，我們應該認識到，在兩岸尚未統一的情況下，一般領導層另有幻想和
一般老百姓想法不同是難免的，於此可見鬥爭的複雜性。但我認為這是暫時
的，終有一天會團結起來，一致對外。

　　內鬥未休，美國佬又來到我國大門口，他不止為日寇撐腰打氣，還為達
到圍堵中國，遏制中國崛起的目的，馬前卒希拉裏鬼鬼祟祟，沿著中國周邊，
一路煽風點火，進行挑撥離間，有詩為證：

> 小丑希拉裏，滿腹是鬼計。
>
> 圍著中國轉，從南竄到北。
>
> 游說我鄰邦，破壞我友誼。
>
> 堂堂我中華，豈容她放屁。
>
> 莫謂我可欺，亮劍閃光輝。
>
> 東風四十一，射程破萬里。
>
> 雷達奈我何，通通被摧毀。

為排遣國恨家仇，只有把自己埋在故紙堆中，在治學過程中，我遇到一種預
想不到的情況：即要搞的項目，往往搞不成，沒有計劃搞的項目，卻水到渠
成，提前完成了。拙作《中華古今少數民族語》就屬於這類產品。因於九月
三日寫詩一首，表示我意外的喜悅。詩題為《末世寒門放彩虹》：

> 著意栽花花不發，無心插柳柳崢嶸。
>
> 一部少數民族語，未期其成書竟成。
>
> 切莫笑他非嫡出，能成氣候即好種。
>
> 喜看群兒俱成材，末世寒門放彩虹。

九月七日，有署名葉鵬者，在《語言文字報》上評論拙作《宋金元明清曲辭通釋》。它的題目是《縱橫比較，釋義準確》副標題是《簡評〈宋金元明清曲辭通釋〉》，今把全文過錄如下：

戲曲是我國特有的民族藝術，它和希臘戲劇、印度梵劇，稱爲世界三大古老的戲劇文化。

戲曲蘊含著深厚的文化傳統，是我們必須繼承的文化遺產。但要眞正繼承這份傳統，就必須通曉它所使用的語言。

我國的戲曲來自生活的底層。它所使用的語言，多是同時代的俗語。我國的古代漢語，每個朝代都有不同的變化，這就給理解歷代的戲曲，帶來難以逾越的障礙。在語言學領域，戲曲語言的研究是一個薄弱環節。黎錦熙在第一版《辭海》的序言中說：「五代北宋之詞，金元之曲，明清之白話小說，均繫運用當時之俗語創製之新文學作品。只因向來視爲文人餘事，音釋缺如，詞語句法，今多不解。近來青年讀物既多取材於此，訓詁不明，何從欣賞？一查字書，則絕不提及，欲加注釋，則考證無從。故宜各就專書，分別歸納，隨事旁證，得其確詁，以闡其文，以惠學子。」

第一版《辭海》於一九三六年問世，近七十年過去了，黎錦熙的期盼歸期盼，曲辭通釋方面，做出重要成績者寥寥無幾。規模較大，產生重要影響的作品只有幾部，其中一部是一九五三年由中華書局出版的《詩詞曲語辭彙釋》，著者是一九三六年版辭海的副主編張相。一部是二〇〇二年由語文出版社出版的《宋金元明清曲辭通釋》（以下簡稱《通釋》），著者是受黎錦熙青睞和獎掖的學生王學奇及其夫人王靜竹，這對夫妻花費了數十年的心血和積累，完成了 325 萬字通釋巨著。

事實證明，只有同時具備古典戲曲和漢語詞彙史兩個領域的研究能力的人，才能比較自由地駕馭戲曲語言的通釋工作。

張相是職業編輯，他比較全面系統地研究宋金元語詞，把詩詞曲三體中特殊的語詞彙集在一起，歸類進行比較，採取詩證詩，詞證詞、曲證曲的方法，力圖弄清這些特殊語詞的眞正含義。

王學奇一直從事語文教育工作，是元曲研究專家。一九八三年

出版了《元曲釋詞》，一九八八年出版了《關漢卿全集校注》，一九九四年出版了《元曲選校注》，在這個基礎上，《通釋》的取材更爲廣博，上自周秦兩漢的諸子群經，騷賦駢體，書箚奏議，佛道變文，二十五史等，下自近代的話本小說，筆記雜著，兼收宋金元明清歷代戲曲詞語一萬餘條。其突出特點在於，「釋詞旁徵博引；發掘新詞新義，同類性質的辭書所未見者不下全目的百分之八，多義詞亦多有新解；以音統形，就音析義；大量少數民族語得到解釋；吸收前輩和時賢的科研成果，亦堅持不同學術觀點的辯駁。」

戲曲愛好者翻閱《通釋》，會有茅塞頓開的感覺。上個世紀五十年代，京劇舞臺上演出了，張君秋的《望江亭》，劇中唱段有這樣兩句「觀此人容貌似曾相見，好一似我兒夫死後生還。」

「兒夫」的稱謂常常使人迷惑，直到一九九○年，一部規模最大的辭書《漢語大詞典》才收錄了「兒夫」一詞，其解釋是「古代婦女自稱其丈夫」。

《通釋》在收錄「兒夫」一詞後，接著附列了「兒家夫婿」作爲附條。在釋文中說：「古時婦女有自稱爲「兒」或「兒家」，稱其丈夫爲「兒夫」或「兒家夫婿」。《通釋》引用唐《寒山詩》「年少從傍來，白馬黃金羈；何須久相弄，兒家夫婿知」爲證。在引錄的語例中有宋、金、元、明、清各代戲文「兒夫」的來龍去脈，令讀者一目了然。

誠如李行健、馮瑞生在《通釋》的序言中所說：「從縱向的方面瞭解語言的發展流變，從橫的方面比較語言的相互影響，而且還充分利用現代仍然流行的活語言，以今證古，這就使得本書的釋義更趨於準確。」

我讀完這篇文章，很感詫異《通釋》已經發表十年，評論文章，從二○○三年到二○○六年已經發表不少。據稱書亦早已脫銷，再推銷已無意義。難道還要重印？我想不出所以然來，任它去吧。

九月十一日，明天就是我和靜竹結婚六十週年紀念日。中夜醒來，便考慮如何紀念的形式。這六十年風風雨雨實在不易。喝酒麼？傷身。吃肉麼？太俗。最後決定寫首小詞來慶祝。隨即在枕上構思，很快便完成一首──《采桑子‧鑽石婚自嘲》：

　　逾九望百一老翁，遠不年輕，偏要逞能，走起路來噌、噌、噌。

　　冒傻習性已養成，迷戀筆耕，勸也不聽，一心只想立新功。

　　同日，日寇不顧大量的歷史事實，不顧確鑿的法律依據，不顧十三億人民的強烈反對，竟悍然把我釣魚島收歸日本國有。一個戰敗國不履行開羅宣言和波斯坦公告，退還侵佔鄰國的領土，反而繼續霸佔不還，眞眞豈有此理！又近日適值「九一八事變」紀念日，舊恨新仇交織在一起，怒火中燒，不能自己，乃於二十二日隨口噴薄而出《難忘九一八》一詩：

　　回憶八十一年前，驚傳「九一八」事變，

　　當時我正上小學，報名抗日去宣傳；

　　老師帶隊走四鄉，巡迴演講不知倦。

　　如今我已九十多，滿腔憤火猶盛燃。

　　二戰過後我寶島，爲何依然被霸佔？

　　私相授受太違法，「安保條約」爲那般？

　　一寸山河一寸血，誓死相拚要討還。

二十九日讀詩，我深感古今詩人、詩風均隨思想而異。特別是一些老年人動不動便以「老朽」自卑或自謙，我頗不謂然，我倒是喜歡蔣子龍撰文，說「六十歲最好」那句話，實際各行各業都需要積才飽學的老人做嚮導，沒有他們領路，前進的方向，就容易誤入歧途，走了彎路。我在二〇〇四年特爲此寫過一首詩，題爲《越老越有用》。我雖不才，但願追步前賢，永不言老。爲表達我這種思想，今晨於枕上又吟詩一首，題爲《抒情》：

　　學奇走筆不裝熊，風格從不與人同；

　　通篇不見蹣跚態，但見躍馬又登程。

十月十一日，日本購島鬧劇，爲時已滿一月。這期間，中國採取種種反制措施，在外交上孤立它，在經濟上抵制它，海監船、漁政船每天都到釣魚島海域巡查，使之窮於應付，人際「消耗戰」或「游擊經濟戰」一句話就是要「拖死它」的戰術。日寇無計所奈，乃放下身段，要求和解。但背後仍不斷玩弄小動作。看來日寇賊心不死，但不管如何拖延，永遠也改變不了釣魚島主權的歸屬。

　　十一月十二日，《今晚報》報導了中國著名作家莫言獲得了本年度諾貝爾文學獎。說他所以獲獎，一是因爲小說內容合乎西方國家的口味，二是中國國力增強，提高了對世界的影響力，也就是碰上了機遇。莫言是中國第一位

獲諾貝爾獎金的作家。我認爲至少他通過他喜用的形式，曲折地反映了中國的現實，說了眞話，和另一類馬屁文學，大不相同，不應該出於嫉妒而說三道四。

十月三十日清早醒來，忽發詩興，於枕上吟詩一首，題目就定爲《枕上吟》：

> 一部宋金元明清，坐壞無數冷板凳。
> 感謝老天不負我，曲徑通幽傳盛名。

十一月八日，中國共產黨召開第十八屆黨員代表大會，這次選出新一屆國家領導人七人，即習近平（總書記）、李克強、張德江、俞正聲、劉雲山、王岐山、張高麗。中國目前正處於多事之秋，全國人民都在仰望他們如何拯救中國（不是停留在口頭上，是表現在行動上）。

這次大會較之上次有三個特點：一是在二百四十七名大會主席團名單上，未見有文藝界、學術界、體育界知名人士；二是比上次減少兩位常委；三是軍委主席也一併交出沒留「尾巴」。

十二月十六日，日本重新選舉，自民黨安倍晉三獲勝。以後關於釣魚島的問題，是戰，是和，要看事態的發展。因爲中日兩國的新領導還剛選出，預知後事如何，還要等她們正式登場。不過我認爲凶多吉少。

這一年來，美帝國主義者仗勢欺人，步步緊逼中國，使我很不開心。關於我治學問題，有一組短歌，總結如下：

> 本擬到老得解脫，誰料老來活更多。
> 擱下《日記》撰《年譜》，一個趕著一個作。
> 拾起少數民族語，臨川四夢又催我。
> 斷斷續續十多年，輪番上陣去拼搏。
> 論文不想再多寫，既定命題不能捨。
> 材料取自卡片櫃，反覆揀選費定奪。
> 治曲心得須傳播，勤學志士頻來說。
> 爲報知己一片心，提筆蹙額苦琢磨。
> 浪得虛名走不脫，催稿還有出版社。
> 天天從早忙到晚，不知是苦還是樂。